PSICOLOGIA COM ALMA:

a Fenomenologia de Edith Stein

Miguel Mahfoud (Org.)

Giovana Fagundes Luczinski
Juvenal Savian Filho
Maria Inês Castanha de Queiroz
Suzana Filizola Brasiliense Carneiro
Ursula Anne Matthias

PSICOLOGIA COM ALMA:
a Fenomenologia de Edith Stein

Psicologia com Alma: a Fenomenologia de Edith Stein
1ª edição - 2ª Reimpressão 2025
Copyright © 2021 Artesã Editora

É proibida a reprodução total ou parcial desta publicação, para qualquer finalidade, sem autorização por escrito dos editores.
Todos os direitos desta edição são reservados à Artesã Editora.

DIRETOR
Alcebino Santana

DIREÇÃO DE ARTE
Tiago Rabello

REVISÃO
Giovanna M. Hailer Felipe

CAPA
Artesã Editora

PROJETO GRÁFICO E DIAGRAMAÇÃO
Conrado Esteves

IMAGEM
br.depositphotos.com/204061192

P974
    Psicologia com alma: a fenomenologia de Edith Stein / organizador : Miguel Mahfoud . – Belo Horizonte : Ed. Artesã, 2021.
    166 p. ; 21 cm.
    ISBN: 978-85-7074-024-3

    1. Psicologia. 2. Fenomenologia. 3. Alma humana – Aspectos psicológicos. I. Mahfoud, Miguel.

CDU 159.9

Catalogação: Aline M. Sima CRB-6/2645

IMPRESSO NO BRASIL
Printed in Brazil

📞 (31)2511-2040   💬 (31)99403-2227
🌐 www.artesaeditora.com.br
📍 Rua Rio Pomba 455, Carlos Prates - Cep: 30720-290 | Belo Horizonte - MG
📷 📘 /artesaeditora

Sumário

INTRODUÇÃO
Psicologia com alma: necessária e possível..........................7
Miguel Mahfoud

CAPÍTULO I
De que falamos quando falamos de alma? Fundamentos da descrição da vida psíquica, por Edith Stein..................19
Juvenal Savian Filho

CAPÍTULO II
Corporeidade, sensações e sentimentos vitais em Edith Stein: um diálogo com a Psicologia clínica fenomenológica........59
Giovana Fagundes Luczinski

CAPÍTULO III
O conceito de força vital na obra de Edith Stein: a potência que assegura o viver..87
Maria Inês Castanha de Queiroz
Ursula Anne Matthias

CAPÍTULO IV
Motivação, vontade e estados vitais no atendimento a crianças: trilhando caminhos de intervenção...............115
Suzana Filizola Brasiliense Carneiro

CAPÍTULO V
Núcleo da pessoa como centro pessoal da alma humana: com Edith Stein para uma Psicologia com alma............139
Miguel Mahfoud

Os autores..163

INTRODUÇÃO
Psicologia com alma: necessária e possível

Miguel Mahfoud

Chegamos a uma "Psicologia sem alma". Tanto a essência da alma como suas potências foram descartadas como conceitos mitológicos, e se quis levar em consideração unicamente os fenômenos psicológicos. Mas que tipo de fenômenos seriam esses? (...) A principal corrente [de Psicologia], oriunda do Empirismo inglês, se configurou cada vez mais como ciência natural, chegando a conceber todos os sentimentos da alma como mero produto de simples sensações, como coisa espacial e material feita de átomos: negou-se sua componente estável e duradoura, base dos fenômenos mutáveis – ou seja, da vida que flui – e até mesmo se excluiu, do fluir da vida anímica, o espírito, o sentido e a vida mesma. É como se tivessem ficado as ruínas da muralha do castelo interior que apenas deixam entrever a forma original: um corpo sem alma já não é um verdadeiro corpo. (STEIN, 2004, p. 101-102)

Muitos de nós, na atualidade de nossa cultura cotidiana, bem como de nossas ciências psicológicas, reconhecemos a presença desses diversos elementos apontados por Edith Stein, quando ela identifica, na "Psicologia sem alma", a carência de instrumentos que nos possibilitem lidar com a complexidade própria da pessoa humana. Como profissionais do campo psi, bem como cidadãos do mundo contemporâneo, advertimos falta de recursos para apreendermos o acontecer da experiência humana em qualquer de seus campos. De fato, os termos interioridade pessoal, fluxo de vivências em que se dá percepção de si como um eu, espírito, sentimentos da alma e alma mesma, raramente passam de meras metáforas. Paradoxalmente, insistem em permanecer e acabam por indicar estruturas de experiência e modos de ser, possibilidades de reconhecimento de uma complexidade que teima em se insinuar.

A Fenomenologia husserliana, bem como a steiniana, nos convidam a examinar experiências e modos de ser até chegar ao reconhecimento de sua estrutura essencial e ao reconhecimento da consciência mesma, chegando, em nosso campo, a fazer ciência psicológica como Psicologia com alma.

No texto "Fenomenologia e Psicologia", de Husserl, redigido pela própria Edith Stein, como assistente de seu mestre, o problema é explicitado em termos metodológicos, fundamentais:

> A nova Psicologia ama definir-se Psicologia sem alma, mas ela é, no fundo, também Psicologia sem consciência. Os métodos psicofísicos experimentais, estatísticos, nunca podem reequilibrar a carência de atividades intuitivas relativas aos componentes intencionais da consciência. A intencionalidade, esse tema descritivo geral da Psicologia (porque, no fim, o elemento sensório não é isolado, mas intrincado em função da consciência), deve tratar antes – em uma investigação mais ampla – da consciência

psíquica, a qual deve antes ser esclarecida com base em todas as estruturas essenciais, antes que a teoria da experiência e o método indutivo preparatório a ela possam levar a autênticos resultados científicos. De outro modo tem-se uma Psicologia cujo princípio não poderia atingir níveis mais elevados do que uma metrologia que observe com precisão, no caso de uma Física científica. Nessa situação, esse tipo de consciência inferior e as percepções da coisalidade espacial do lado da Psicologia não têm uma real análise imanente da consciência; ao invés de análise da essência, encontramos uma abundância de teorias causais sem qualquer pressuposto, descuidando de todos os problemas essenciais. (HUSSERL, 2003, p. 74)

A própria ciência psicológica depende do lugar central concedido à consciência (pela análise da estrutura intencional das consciências), do mesmo modo que o fluxo de vida e o próprio corpo são constituídos pela alma. "*Será um enriquecimento para a Psicologia sair de uma dimensão puramente descritiva ou experimental, para aprender a olhar a essência própria do psíquico e sobre ela construir a ciência*". (DONISE, 2003, p. 37)

Edith Stein, assim que iniciou seus estudos universitários, se deu conta da insuficiência dos instrumentos e concepções da Psicologia frente à complexidade de seu objeto próprio. A falta de fundamentos dos conceitos contribuiu para que ela reconhecesse o valor da clarificação levada a cabo pela Fenomenologia proposta por Husserl:

Todos os meus estudos em Psicologia me tinham convencido apenas de que essa ciência ainda estava nos primeiros balbucios; faltava-lhe o fundamento indispensável de conceitos de base clarificados, e ela própria não estava em condições de forjar para si tais conceitos. Ao contrário, se me fascinava tanto o que até então eu havia aprendido de Fenomenologia, era porque ela consistia especificamente nesse trabalho de clarificação e porque, nesse campo, se forjavam desde o início as ferramentas intelectuais de que se necessitava. (STEIN, 2018, p. 277)

Mais tarde, ela mesma viria a identificar a chamada *Psicologia Racional*, baseada na Escolástica (principalmente em Tomás de Aquino), como a que tomava "alma" como simples (não composta), formadora do corpo vivente, base das atividades vitais, sensível e com capacidade espiritual (intelecto e vontade) cujas potências poderiam se tornar atos. Husserl, por sua vez, também destacara essas mesmas características da alma, a qual se apresentam em suas facetas impulso-instinto e espiritual, sem se valer da Metafísica. Ao realizar estudos sobre Tomás de Aquino, Stein viria a considerar a Psicologia Racional como indispensável para a elaboração de uma Antropologia Filosófica, base para o campo da educação e para a Psicologia contemporânea.[1] Com essa mesma base, Stein confronta o Empirismo e sua decorrente Psicologia sem alma. (STEIN, 1999a; ALES BELLO, 2016; CARDOSO, 2014)

Encontramo-nos, desde os séc. XVI e XVII, com uma Psicologia que já não reflete sobre a essência da alma, quer ser uma "Psicologia sem alma"

---

[1] No Brasil, Mauro Martins Amatuzzi se dedica ao tema da alma a partir de Tomás de Aquino, tendo em vista as grandes questões da Psicologia e do ser humano mesmo: a alma, sua relação profunda com a corporeidade, as capacidades operativas humanas, o alcance possível do conhecimento humano, a capacidade afetiva. Cf. AMATUZZI, 2008 e 2014.
Sobre alma e subjetividade, comparando as perspectivas de Husserl e Stein em que Tomás de Aquino também esteja contemplado, cf. também Jean-François Lavigne, 2016.

(como chamada no séc. XIX)[2]; já não se interessa nem pelas faculdades da alma, mas somente, pela experiência vivida, pelos dados que se podem encontrar na consciência. Iniciou-se com os escritos dos empiristas ingleses, chegando a seu triunfo no séc. XIX. (STEIN, 1999a, p. 46).

É justamente a base empirista que viria a levar à Psicologia Explicativa. Em confronto a essa surgem também a Psicologia Descritiva e a Psicologia Compreensiva.

Stein critica a *Psicologia Explicativa* por sua base naturalista: busca leis como a física o faria (bem em sintonia com a crítica husserliana reportada aqui logo acima), com a decorrente substituição do termo *alma* por *psique*. Para afastar-se dessa postura naturalista, a *Psicologia Compreensiva*, proposta por Wilhelm Dilthey, distingue ciências da natureza e ciências do espírito. Tal divisão viria a ser muito valorizada por Husserl e Stein, porém ambos criticam sua posição em relação à Psicologia, particularmente por Dilthey não vislumbrar a possibilidade de apreender a estrutura essencial das experiências vividas (ALES BELLO, 2016). Husserl (2001, 2003) enfrenta o tema, por exemplo, em *Filosofia como ciência rigorosa* e em *Fenomenologia e Psicologia*. Stein (2003a, 1999a, 1999b), em *Problema da empatia*, em *Os tipos de Psicologia e seu significado para a Pedagogia* e em *Psicologia e ciências do espírito*, por exemplo, critica a tentativa de apreender o ser humano colocando a psique como campo unitário, sem colher as articulações da vida interior da alma (com seu campo complexo, articulando psique e espírito).

---

[2] A expressão "Psicologia sem alma" nasceu em 1868, com o filósofo alemão Friedrich Albert Lange, ao sustentar, do ponto de vista experimental, a validade do materialismo e mecanicismo para a investigação das sensações. (Cf. STEIN, 1999a, nota 11, p. 46 e ALES BELLO, 2016, nota 2, p. 36).

Stein (2003b) identifica também a *Psicologia Compreensiva*, a *Psicologia Estrutural* e a *Psicologia Científico-Espiritual*. Ela lembra que *"nos primórdios da Psicologia Científico-Natural se falava com gosto da 'Psicologia sem alma', ou ao menos tematizavam se, depois de cada um dos eventos individuais, uma unidade real ainda deveria ser aceita"* (p. 488). Ela critica que, em comum, todas elas *"entendem a vida anímica como um todo unitário que não se deixa dissolver em elementos nem se compor por eles"* (Idem). Assim, a tendência seria tomar a direção de uma Psicologia individual. No entanto, Stein aponta a necessidade de não se deter na descrição de indivíduos, mas chegar à descrição de conexões anímicas individuais em seu conjunto, não bastando "analisar um perfil momentâneo na vida da alma, mas buscar abarcar, o quanto possível, todo seu curso temporal" (p. 489) – tendo em vista o campo da práxis em Pedagogia e Psiquiatria. Mesmo assim, não deixa de apontar que

> querendo ver a personalidade como um todo, há de se considerar a alma em seu conjunto unitário anímico-corporal. Posto que o ser de uma pessoa é sempre um ser no mundo, e seu componente anímico se encontra continuamente influenciado por ele, a Psicologia tende necessariamente a ir além de si mesma em direção de uma reflexão antropológica, social e cosmológica. (p. 489)

Stein (2003b) aponta o problema de que, nessas perspectivas,

> o que se mostra como praticamente não-influenciável deve ser considerado um resíduo irracional. (...) A existência de uma espécie não deveria ser rechaçada, ainda que seu conteúdo não seja apreensível e consequentemente não se possa conhecer

> sua participação na formação dos tipos ou em cada um dos comportamentos do ser humano. (...) Aí se chega ao limite da Psicologia Empírica: como toda ciência positiva, ciência de fatos naturais a partir da experiência natural só pode dizer que uma coisa, em tais circunstâncias, se configura desse ou daquele modo e eventualmente tem de comportar-se de uma certa forma ou de outra. Mas essas ciências não alcançam a forma íntima, a estrutura do ser do cosmo em geral, sobre a qual se baseia o fato" (p. 489-490)

Assim, Stein (2003b) aponta o limite a que se pode chegar com as Psicologias naturalistas, mostrando como a Psicologia com alma tem condições de superá-lo. Nessa direção, Stein aborda o problema da generalização do conhecimento limitado à constituição momentânea:

> Podemos destacar um dado muito importante para nós: a natural *pretensão* de poder fazer afirmações de caráter geral. Sem pedir contas a si próprio, aceita-se como o mais natural que, ao ter experiências específicas, algo universal tenha continuidade. Daí, a tarefa para filósofos de ressaltar a função cognoscitiva geral operante na experiência, treiná-la sistematicamente e, assim, elevá-la ao nível de um método científico. (p. 492)

Nessa perspectiva, outro problema enfrentado diretamente refere-se à questão da não apreensibilidade de alguns processos. Pouco acima, vimos como Stein critica o rechaço de certo âmbito do conhecimento como irracional simplesmente por serem inapreensíveis. Stein (2004, p. 104) aponta que, pelo contrário,

> estranho seria chegar a uma completa compreensão da alma, de sua essência e vida, da alma humana

enquanto tal e enquanto individual. Resíduos do velho racionalismo, que não admite nenhum mistério, nem quer saber da fragmentação do saber humano e, pelo contrário, crê poder desvelar por completo o mistério das relações da alma com Deus.

Parece-me muito importante deixar ao leitor um exemplo que a própria Edith Stein oferece de uma adequada Psicologia com alma. Creio que poderia se tornar fonte de muitas e profundas reflexões e debates sobre o problema da apreensão do ser humano em sua complexidade própria, pela Psicologia:

> A partir de uma descrição dos movimentos da alma, Pfänder busca compreender a vida da alma focalizando as pulsões fundamentais que a dominam. Ele reconduz essas pulsões fundamentais a um impulso originário da alma: o do autodesenvolvimento, tendência radicada na essência mesma da alma. Ele vê na alma uma vida em embrião que deve se desenvolver até sua forma plena. É uma propriedade essencial da alma humana a de exigir, para o próprio desenvolvimento, a livre atividade da pessoa. Mas a alma é "essencialmente criatura e não criadora de si mesma. Ela não *gera* si mesma, mas somente *desenvolve* a si mesma. Em seu ponto mais profundo ela está ligada a seu perene princípio criativo. Então, pode se desenvolver plenamente ao permanecer ligada a ele"[3] A essência da alma aparece, então, como a chave para compreender a sua vida. É difícil imaginar uma contestação mais categórica à Psicologia sem alma. (STEIN, 2004, p. 131)

---

[3] PFÄNDER, A. *Die Seele des Menschen: Versuch einer verstebenden Psychologie*. Halle: Niemeyer, 1933. [A alma humana: tentativa de uma psicologia compreensiva].

O presente livro, em seu todo, quer enfrentar – ainda que de modo inicial e limitado – esse imenso desafio que, lançado por Edith Stein, chega até nós.

★ ★ ★

O conjunto de textos aqui apresentado aborda a fundamentação teórica para a construção de uma "Psicologia com alma", aproximando o leitor da Antropologia Filosófica de Edith Stein nos temas considerados por ela como chave para essa empreitada. Ao mesmo tempo, os diversos autores apontam diretrizes para os profissionais do campo psi, em sintonia com os desafios próprios da atualidade:

1. *O problema da alma* na obra de Edith Stein, por Juvenal Savian Filho.
2. *Corporeidade, sensações, sentimentos vitais e força vital*, por Giovana Fagundes Luczinski.
3. *Força vital*, com suas facetas de força vital orgânica, psíquica e espiritual, por Maria Inês Castanha de Queiroz e Ursula Anne Matthias.
4. *Motivação, vontade e liberdade*, por Suzana Filizola Brasiliense Carneiro.
5. *Núcleo da pessoa*, por Miguel Mahfoud.

Cada um desses textos leva a clara marca pessoal de seus autores e, ao mesmo tempo, são frutos de leituras e discussões em conjunto. O estudo árduo dos textos originais de Edith Stein sobre o problema da alma em profunda conexão com as características da Fenomenologia – viabilizado por aulas do Prof. Juvenal Savian Filho – bem como as discussões sobre os desafios e as aberturas advertidas para o campo da Psicologia em discussão conjunta entre filósofos e psicólogos, viabilizaram a presente obra.

Nesse sentido, expressamos agradecimento a cada um dos autores deste livro que aceitaram o desafio de realizar esse processo conjunto. Agradecemos também às pessoas que, além dos autores dos textos aqui apresentados, participaram dos estudos e debates que o geraram: Acácia Maria Dias Pereira, Andréia Persico Mahfoud, Clio Francesca Tricarico, Eduardo Dalabeneta, Felipe Farias Ribeiro, Frei Guilherme da Cruz OCD, José Mario Brasiliense Carneiro e Myrian de Almeida Tricarico.

Um agradecimento explícito também às pessoas que, com muita disponibilidade e cuidado, se dedicaram a transcrever gravações em áudio de aulas e discussões desse trabalho conjunto, viabilizando aprofundamento e utilização no presente livro: Andréia Persico Mahfoud, Bernardo Teixeira Cury e Felipe Farias Ribeiro.

A todos já mencionados e a muitos outros que nos apoiaram nesse percurso, nossa gratidão.

Referências

ALES BELLO, A. *Il senso dell'umano: tra fenomenologia, psicologia e psicopatologia*. Roma: Castelvecchi, 2016.

AMATUZZI, M. M. *A alma humana em Tomás de Aquino: um debate antigo e atual*. Campinas: Alínea, 2008.

AMATUZZI, M. M. *Um encontro inusitado: aventuras interiores de um psicólogo*. Rio de Janeiro: Publit, 2014.

CARDOSO, C. R. D. *Contribuições de Edith Stein para a psicologia científica*. Curitiba: Appris, 2014.

DONISE, A. Introduzione. In: HUSSERL, E. *Fenomenologia e Psicologia*. Napoli: Filema, 2003. p. 5-40.

HUSSERL, E. *La filosofia come scienza rigorosa*. Tradução de Filippo Costa. Roma: Laterza, 2001.

HUSSERL, E. *Fenomenologia e Psicologia*. Tradução de Anna Donise. Napoli: Filema, 2003.

LAVIGNE, J.-F. Alma, corpo e espírito segundo Edith Stein: uma renovação fenomenológica do pensamento aristotélico-tomasiano. *Teologia em Questão*, v. 15, n. 2. Taubaté, p. 101-124, 2016.

STEIN, E. I tipi della psicologia e il loro significato per la pedagogia. In: STEIN, E. *Vita come totalità: scritti sull'educazione religiosa*. Roma: Città Nuova,1999a. p. 44-70.

STEIN, E. *Psicologia e scienze dello spirito: contributi per una fondazione filosofica*. 2a ed. Tradução de A. M. Pezella. Roma: Città Nuova, 1999b.

STEIN, E. *Il problema dell'empatia*. Tradução de E. Costantini e de E. S. Costantini. Roma: Studium, 2003a.

STEIN, E. Problemas de la formación de la mujer. In: STEIN, E. *Obras completas: v. IV: Escritos antropológicos y pedagógicos*. Burgos: Monte Carmelo, 2003b. p. 451-552.

STEIN, E. El castillo interior. In: STEIN, E. *Obras completas*. Vol. V: Escritos espirituales. Tradução de Francisca Javier Sancho e Julen Urkiza. Madrid: Editorial Espiritualidad, 2004. p. 79-105.

STEIN, E. Vida de uma família judia. In: STEIN, E. *Vida de uma família judia e outros escritos autobiográficos*. Tradução de Maria do Carmo Ventura Wollny e Renato Kirchner; revisão de Juvenal Savian Filho. São Paulo: Paulus, 2018. p. 17-533.

CAPÍTULO I
De que falamos quando falamos de alma?
Fundamentos da descrição da vida psíquica, por Edith Stein

Juvenal Savian Filho

Introdução: sensibilização ao tema da alma

Do ponto de vista filosófico,[1] a urgência de retomar o tema da alma deve-se, sobretudo, à dificuldade cada vez mais clara em entender e exprimir satisfatoriamente a experiência humana apenas em termos materiais. Com efeito, houve, e ainda há, um desprezo (mais do que uma indiferença) pela ideia de alma por parte de muitos pensadores, uma vez que eles entendem o termo *alma* como designativo de um conteúdo sempre oposto à matéria e dela dissociado. Assim, apontando legitimamente para a necessidade de enfatizar a base física da experiência humana, muitos filósofos contemporâneos terminaram por comprometer-se com a tese de que tudo o que o ser humano experimenta tem base e explicação material. Haveria ainda aqueles que falam de

---

[1] O presente capítulo é a transcrição das aulas ministradas no primeiro encontro do grupo *Psicologia com alma*, organizado e coordenado pelo Prof. Dr. Miguel Mahfoud (UFMG), a quem agradeço imensamente pelo trabalho de transcrição. O respectivo gênero literário explica, assim, o tom oral-coloquial da redação, bem como certas repetições.

alma, mas esvaziando-a de todo conteúdo específico: para eles, a alma não seria mais do que uma metáfora. Ocorre, porém, que diferentes vivências ou fenômenos revelam a inadequação das explicações materialistas, tornando também perfeitamente legítima a retomada do tema da alma. Está claro que resta entender o que realmente essa ideia ainda pode significar para as filosofias, as quais não querem, e nem devem, ser simples recuperações de pensamentos do passado.

Algo análogo parece ocorrer também na Psicologia. Talvez, nessa área, fique ainda mais explícita a ambiguidade de falar de alma, mas esvaziando-a de todo conteúdo específico. Em muitos teóricos da Psicologia, é nítido o recurso à alma apenas como metáfora, levando, na realidade, a um esquecimento do que já significou a alma para filósofos e cientistas do passado e, por conseguinte, a uma concentração no aspecto mecânico do psiquismo humano como sua única fonte de explicação. Mesmo em textos de behavioristas, o termo *alma* aparece, contudo apenas como uma forma de falar do psiquismo entendido como conjunto de hábitos, repetições ou programações determinadas fisicamente. Outros setores da Psicologia vão além do aspecto mecânico e admitem um psiquismo com elementos não propriamente físicos ou materiais: eles consideram que nosso psiquismo não é somente o resultado de um aparato físico e falam de cultura, por exemplo. Ao retomarem Freud, Lacan ou mesmo a escola inglesa, psicanalistas atuais testemunham que a explicação meramente mecanicista ou materialista não é suficiente para dar conta da complexidade do que experimentam as pessoas. Na fala de alguns psicanalistas, *cultura* acaba ainda por não ser mais do que uma ampliação do que vivem os indivíduos mecanicamente. No limite, permanece uma compreensão mecânico-materialista, pois o elemento principal de compreensão da experiência humana é a sua base material, ampliada e influenciada pelas vivências de grupo (a cultura).

Como o impacto das explicações psicológicas é bastante grande em diferentes círculos de estudos (maior até do que o impacto das ideias filosóficas), parece conveniente explorar um pouco mais o fenômeno da ambiguidade e do esvaziamento da ideia de alma. Um exemplo é bastante eloquente: tenho observado profissionais da Psicologia e da Psicanálise que falam sinceramente da alma como um elemento que compõe o ser humano. Isso é observável, sobretudo, em psicólogos religiosos. No entanto, quando eles se põem a descrever a alma ou a explicar o que entendem por alma, ou ainda a explicar o ser humano como um ser dotado de alma fazem-no novamente em termos materialistas e, em geral, sem se darem conta disso. Eles falam da alma como uma estrutura previsível, perfeitamente cognoscível e feita para conter atos e hábitos que adquirimos de acordo com o comportamento que adotamos. A alma aparece como algo quase matemático, dotado de uma composição definida e explicável em termos de causa e efeito. É curioso que, nesses discursos, seus autores esforcem-se por não serem materialistas ou mecanicistas, mas o esquema mental adotado por eles em suas explicações é, no fundo, um esquema materialista-mecanicista. Querem falar da alma como algo não material, mas explicam-na em termos típicos daquilo que se chama de *matéria*, principalmente o rígido esquematismo causa-efeito.

No entanto, cientistas, psicanalistas, psicólogos e filósofos (para não falar de artistas e religiosos) têm percebido a saturação das explicações da experiência humana apenas em termos materiais. Há médicos que testemunham graves más-formações cerebrais em seus pacientes – em função das quais se esperava que eles não falassem e mesmo não apresentassem nenhuma locomoção – e, ao mesmo tempo, observam que eles possuem uma vida "normal". Na contrapartida, há pessoas que não falam e/ou não andam, e, no entanto, seus exames de ressonância magnética identificam uma estrutura física perfeita. Esses são casos que ilustram o limite das explicações materialistas: prestar atenção apenas no aspecto mecânico da base física ou no hábito e no comportamento não parece mais ser suficiente para entender e exprimir o que ocorre com os seres humanos. O que se chama de doença ou saúde envolve uma dimensão que ultrapassa a causalidade típica da base material do indivíduo: está nele, mas o não se reduz à sua base fisiológica.

Tocados por esse limite explicativo, muitos cientistas e pensadores têm buscado ampliar sua visão sobre o que é o ser humano. Mesmo alguns que mantêm a resposta de que a ciência materialista "ainda vai chegar lá" já estão percebendo que vão ficar num modelo ultrapassado de ciência. É o que o biólogo inglês Rupert Sheldrake (1942 -), entre outros, aponta em certos fenômenos e em pesquisas científicas sobre eles. Em seu livro intitulado literalmente *O delírio científico: libertando o espírito investigativo*,[2] além de realizar complexas análises de caráter filosófico-científico, ele explora também experiências banais, mostrando como elas são desconcertantes para a ciência tradicional: às vezes sentimos que alguém está olhando para nós às nossas costas, nos viramos e verificamos que realmente alguém está olhando para nós; ou ainda, algumas pessoas sabem que alguém está telefonando para elas no exato instante antes de o telefone tocar. É claro que experiências desse tipo estão na fronteira entre o que deve ser levado a sério e o que não passa de mera coincidência, mas o dado intrigante é que elas são confirmadas por observadores

---

[2] Infelizmente, publicado no Brasil com um título diferente: *Ciência sem dogmas: a nova revolução científica e o fim do paradigma materialista* (SHELDRAKE, 2014).

isentos e podem mesmo tornar-se praticamente normais e mesmo controláveis para quem é atento.

Talvez fossem forças físicas da mente? Irradiações físicas do cérebro? Pode ser. O fato é que, mesmo se for esse o caso, experiências como a telepatia e a percepção à distância põem em xeque as explicações materialistas-mecanicistas do psiquismo humano, tal como cultivadas ainda hoje. Na linha dessas experiências vai também o caso do contágio psíquico: como explicar que, nascendo e crescendo em uma família de estado físico saudável, uma criança, dispondo de condições físicas perfeitamente saudáveis, comece a adoecer ou a sofrer psiquicamente? Em casos de grandes mentiras ou de ocultação de alguma verdade importante para a criança, não se observa nada de suspeito no nível da linguagem consciente, nem no nível das ações que criam comportamentos e hábitos, e, no entanto, há alguma transmissão que faz adoecer a criança. No nível material não há nada, mas a criança adoece. É intrigante, do ponto de vista teórico, que não haja base física para falar em transmissão ou contágio; entretanto a experiência não deixa dúvida.

No que se refere a um aspecto mais técnico, relativo ao desenvolvimento das neurociências, podemos evocar uma problemática que mostra como um tema de aparência exclusivamente científica implica debates filosóficos de grande importância: refiro-me ao fato de que explicar o funcionamento físico do cérebro não é suficiente para acreditar que com isso também se explica a atividade da consciência, menos ainda a sua origem. Como dizia Tomás de Aquino, no século XIII, constatar que é preciso de um pedaço de madeira para fazer fogo não dá base para dizer que é a madeira que produz fogo. Pretender afirmar isso seria cometer uma falácia, pois o fato de uma coisa vir depois de outra não significa necessariamente que a posterior é causada pela anterior. Também não precisamos chegar ao ponto de dizer que, assim como pode haver fogo sem madeira, também, talvez, possa haver consciência sem cérebro (embora haja pesquisas científicas que confirmem certo grau de consciência em pessoas cujo cérebro é seriamente comprometido)[3], contudo o que mais importa aqui é problematizar a relação suspeita que se estabelece entre a base física da consciência e a origem da própria consciência.

Também em um registro mais técnico, é muito eloquente o caso do médico Hugues Duffau (*1966 -), professor da Faculdade de Medicina de Montpellier, na França, que escreveu o livro *O erro de Broca: exploração de um cérebro em vigília* (DUFFAU, 2016) e tem posto em questão as práticas tradicionais em neurociência e neurocirurgia. Para nós, o dado mais interessante por ele levantado é que a configuração do cérebro varia de acordo com a história de cada indivíduo. O doutor Duffau percebeu isso ao operar pacientes acordados: sendo o cérebro a única parte do corpo que não sente dor, a estratégia foi abrir o crânio e observar o funcionamento cerebral com técnicas de estímulos e mensuração. Intervindo na área de Broca, associada à linguagem, ele percebeu que as regiões cerebrais em que as línguas ficam registradas variam de paciente para paciente. Em outras palavras, a "área" de Broca não tem localização rígida; sua plasticidade é impressionante e se determina em função da vida de cada paciente.[4]

---

[3] Cf., por exemplo, *Consciousness in congenitally decorticate children: developmental vegetative state as self-fulfilling prophecy* (SHEWMON, HOLMES & BYRNE, 1999) e *Les manifestations de la conscience de soi chez l'enfant polyhandicapé: Édification d'un outil d'observation au service des professionnels* (DIND, 2018).

[4] Em resumo, a técnica do Dr. Duffau consiste em intervir nas áreas cerebrais afetadas, protegendo o quanto for possível as outras áreas nas quais a linguagem está localizada. Ele chega a saber onde estão as regiões da linguagem porque, conhecendo de antemão quais línguas fala o paciente, o Dr. Duffau convida para a cirurgia um intérprete de cada língua e, durante a operação, pede aos intérpretes que conversem com o paciente, permitindo-lhe constatar

Benjamim Libet (★1916 – †2007), neurocirurgião estadunidense, é outro testemunho da complexidade característica da relação entre cérebro e consciência, embora ele mesmo fosse um materialista convicto em questões de compreensão do funcionamento cerebral (LIBET, 2005). As suas pesquisas o levaram a defender a existência da liberdade humana, algo negado por grande parte dos neurocientistas. Ao fazer testes de estímulos e reações, Libet observou que, entre o estímulo e a resposta da pessoa, decorre 0,5 segundo, tempo este no qual a pessoa é capaz de contrariar o direcionamento da resposta que ela, às vezes, sente como inescapável. Assim, ainda que a liberdade, do ponto de vista material não seja um "poder fazer o que se quer", ela é, segundo Libet, um *poder de veto*, um poder de interferir nas reações automáticas que, em geral, surgem em nós sem reflexão e decisão.

Todos esses exemplos visam, aqui, mostrar como o modelo explicativo materialista-determinista talvez tenha chegado a um esgotamento. Em síntese, parece legítimo dizer que nem todas as experiências humanas são explicáveis apenas em termos físicos. Nesse contexto, a ideia de alma pode ser um recurso válido para identificar e exprimir as experiências "não físicas".[5] Resta, obviamente, entender

onde está registrada a respectiva língua. Trata-se de um sinal formidável de como o funcionamento cerebral, mesmo tendo uma estrutura universal, é determinado pela singularidade de cada pessoa.

[5] É importante esclarecer que um modelo materialista de compreensão da pessoa humana não exclui necessariamente a afirmação da existência da alma. Há cientistas (como Libet, ao que tudo indica) que são inteiramente materialistas no que diz respeito, por exemplo, à explicação do funcionamento cerebral, mas que aceitam a possibilidade de afirmar a existência da alma (a existência de algo não propriamente material) como fator determinante da constituição dos indivíduos e dos grupos. Tal fator não material seria mesmo capaz de influenciar o funcionamento material do próprio cérebro.

do que falamos quando falamos de alma.⁶ Com o propósito de chegar a esse entendimento, vamos percorrer um caminho filosófico que remonta à Filosofia antiga até chegar aos pensadores dos séculos XIX-XX, especialmente à filósofa Edith Stein.

Como orientação central, proponho a atenção ao tema do dualismo corpo-alma. Muitas críticas à ideia de alma vêm do fato de que essa ideia, ao ser adotada, parece referir-se a algo independente do corpo ou da matéria, oposto ao corpo e até contrário a ele. Mesmo a maneira de falar de muitos adeptos da existência da alma termina por ser realmente dualista, reforçando equívocos e preconceitos. Assim, tenhamos atenção redobrada e cuidado extremo ao falarmos da dimensão material, corpórea, e da dimensão não material, anímica, do ser humano.

1. A dualidade corpo-alma ou matéria-forma em alguns momentos-chave da História da Filosofia

Notem que usei a palavra *dualidade* no subtítulo, e não *dualismo*. Isso é de extrema importância porque, em muitos meios filosóficos e psicanalíticos/psicológicos, fala-se de dualismo corpo-alma (para criticá-lo, e com razão), e não podemos ser influenciados por esse uso.

Falar de dualismo é falar de antagonismo ou oposição; falar de dualidade é falar de diferença sem necessariamente antagonismo ou oposição, menos ainda exclusão.

---

[6] Entre as obras recentes sobre a consciência, a matéria, o espírito, o corpo, alma, talvez o estudo mais completo e mais vigoroso tanto em termos científicos como filosóficos (ao menos na minha modesta opinião!) é o do epistemólogo Michel Bitbol – cf. *La conscience a-t-elle une origine? Des neurosciences à la pleine conscience: Une nouvelle approche de l'esprit* (BITBOL, 2014).

Vamos dar um exemplo aqui até de uma injustiça histórica: Platão (*428 a.C. – †348 a.C.) ficou conhecido como um pensador do dualismo corpo-alma quando, na verdade, ele falou de dualidade. Talvez essa sua imagem tenha sido plasmada pelo seu próprio aluno Aristóteles;[7] e nós só conseguimos não ter essa imagem de Platão se o lermos em seus próprios textos. Quem de nós nunca ouviu dizer que Platão dividiu o mundo em dois? Um seria o mundo sensível e o outro seria o mundo inteligível? Mas sequer existem em Platão as expressões *mundo inteligível* e *mundo sensível*. Ele fala de uma dimensão da realidade que é inteligível no sentido de só poder ser conhecida pela inteligência: os cinco sentidos captam a dimensão sensível da realidade e a inteligência, servindo-se deles, é capaz de captar a dimensão inteligível, invisível, intocável, inaudível etc.

Muitos pensadores leram Platão dessa maneira, com raras exceções. Plotino (*204 – †270) foi uma exceção. Já Tomás de Aquino (*1225 – †1274) teria reproduzido a imagem de um Platão dualista. Hoje se sabe, porém, que o pensamento de Tomás de Aquino é profundamente influenciado por Platão, além de Aristóteles, e especialistas têm explicado que talvez ele tenha um pensamento platônico em um vocabulário aristotélico.[8] Todavia, a imagem de Platão por ele consagrada é a de um autor dualista.

Mas o filósofo a quem mais se atribuiu o dualismo corpo-alma, e certamente o mais conhecido (negativamente, é claro) no campo da Psicologia e da psicanálise, é sem dúvida René Descartes (*1596 – †1650). Não há mais a

---

[7] Cf. o livro I ou livro Alfa da *Metafísica* (ARISTÓTELES, 2002).
[8] Cf., por exemplo, HENLE, R. J. Santo Tomás e o platonismo. In: TOMÁS DE AQUINO. *Suma de teologia: Primeira Parte – Questões 84-89*. Tradução de Carlos Arthur Ribeiro do Nascimento. Uberlândia: EDUFU, 2004. p. 52-72.

menor dúvida, hoje, de que o pensamento ocidental sofreu enorme influência do trabalho de René Descartes. Ainda que em alguns aspectos ele não tenha sido original, principalmente no tocante à "descoberta" da subjetividade (como se acreditou durante muito tempo),[9] sua importância se deve à centralidade dada ao tema do conhecimento e, com ele, ao tema do sujeito.

Descartes procurou fundar uma filosofia que desse conta dos novos problemas levantados pela ciência de Kepler (*1571 – †1630) e Galileu (*1564 – †1642), com base mais na matemática do que na reflexão metafísica.[10] Do ponto de vista histórico, é inegável que ele influenciou todo o pensamento ocidental posterior a partir da distinção entre *matéria* e *pensamento*: justamente no projeto de fazer uma nova filosofia, buscando um ponto de partida inquestionável, ele pôs os cinco sentidos em dúvida, dado o fato de que o uso dos cinco sentidos pode conduzir a erros. O conhecimento que parte dos cinco sentidos não seria uma base segura para a nova filosofia, embora posteriormente ele explique que não são os cinco sentidos que se enganam, mas sim o uso que se faz deles. Descartes percebeu, então, que a base mais segura seria a própria atividade do pensamento: posso duvidar de tudo, tudo pode estar sujeito ao erro, menos o pensamento no sentido que não é possível duvidar que pensamos. Podemos errar do ponto de vista do conteúdo do pensamento, contudo mesmo que estivéssemos em delírio ou fôssemos

---

[9] Para um panorama de uma das pesquisas mais recentes sobre a história da subjetividade, permito-me indicar o seguinte artigo: "Seria o sujeito uma criação medieval? Temas de arqueologia filosófica". (SAVIAN FILHO, 2015).

[10] Para conhecer melhor Descartes, sugiro: *Descartes: a metafísica da modernidade* (LEOPOLDO E SILVA, 1994). Trata-se de um livro escrito para o Ensino Médio, mas inteiramente adequado para iniciantes de nível superior também. É um livro excelente, com uma boa seleção de textos de Descartes.

vítimas de um gênio maligno, de um deus enganador que nos inculcasse a crença de nossa existência neste momento, ainda assim não poderíamos duvidar de que pensamos. Por conseguinte, a partir do pensamento, ele deduz a própria existência: "Penso, logo, existo".

Por sua vez, o pensamento analisado acaba revelando que há outras realidades; e um dos dados que podemos obter a partir da análise do pensamento é a existência da materialidade, a base física de nossa existência. A análise da atividade do pensamento também nos permite observar que nem todos os seres pensam. Então, é preciso afirmar uma diferença básica entre o pensamento e a matéria: as plantas não pensam, nem os minerais, nem os animais; o ser humano pensa, constituindo uma diferença, segundo Descartes, que já serve para iniciar a reflexão sobre a realidade humana como uma unidade de matéria e pensamento. Todavia, Descartes não concluiu que pensamento e matéria estão separados no ser humano. Ele tem outra teoria de igual importância (aprendida com autores medievais), a teoria da *união substancial*: o pensamento e a matéria, ou o corpo e a alma, formam uma unidade, uma união na substância da pessoa singular.[11]

Não é dessa maneira, porém, que Descartes tem sido apresentado na Filosofia ou na Psicologia. Ele é visto como um pensador que, à semelhança de Platão, teria desprezado o corpo ou a matéria e dado mais importância à alma ou ao pensamento. Essa má compreensão é herança de más leituras da obra cartesiana e mesmo de interpretações equivocadas que criaram o costume de falar de um dualismo cartesiano segundo o qual, no caso do ser humano, a matéria (o corpo)

---

[11] O texto cartesiano de referência para estes temas são as *Meditações metafísicas*. Elas podem ser lidas na tradução de Bento Prado Júnior, no volume *Descartes*, da coleção "Os Pensadores" (DESCARTES, 1983).

teria uma existência independente, e o pensamento (a alma ou o espírito), por sua vez, também teria uma existência independente. O ser humano seria a junção de matéria e pensamento, porém conteria a marca de uma separação radical da matéria em relação ao pensamento. Tal como se acostumou a atribuir à concepção cartesiana, essa junção seria como a de água e óleo: coabitam, mas não formam uma real unidade. Herdeiros desse modo de falar da matéria separada do pensamento, adquirimos também o costume de dizer que nós somos "corpo mais alma" ou "corpo mais consciência".[12]

Tal modo de falar prejudica a compreensão da própria matéria ou do próprio corpo, embora pretenda ser uma forma de valorizá-los ou mesmo de fazer justiça a eles (que teriam sido desprezados por Descartes, segundo a interpretação equivocada que a ele se atribuiu). Seja como for, compreender a matéria é um dos temas mais fascinantes da História da Filosofia; e isso é crucial para aproximarmo-nos da fenomenologia e de Edith Stein.

A matéria tem sido concebida, desde a Idade Moderna, como uma espécie de reservatório de elementos que entram na composição de tudo o que existe. Não é à toa que a Química, tal como praticada hoje, é moderna. Certamente, ela tem

---

[12] Um dado sintomático dessa maneira de pensar e dizer vem do modo como se formaram certas orações modernas pelos mortos em contexto cristão. Em alguns manuais de preces, existe uma, para o caso dos agonizantes, em que se diz: "Vai, alma; deixa esse invólucro e retorna ao seio de Abraão". Mas segundo a tradição cristã, o que fica após a morte não é o corpo, e sim o cadáver, que representa apenas uma forma de existir do corpo. Segundo a tradição cristã, é a unidade da pessoa que passa para o outro tipo de existência e que ressuscitará. Assim, depois da morte, a pessoa conserva sua herança física e espiritual. Entretanto algumas orações contêm um modo talvez inadequado de falar, sendo quase materialistas, pois conservam aquele dualismo segundo o qual a pessoa é resultado da soma de duas coisas inteiramente independentes: a matéria de um lado, e a alma ou o espírito de outro.

raízes na alquimia medieval, porém é filha da Modernidade. A alquimia não operava com a ideia de matéria como uma realidade meramente física, sem nada de não físico (ideal, inteligível), mas admitia razões metafísicas para entender a matéria como algo sempre modelado por formas ou identidades inteligíveis. Com o procedimento de matematização da Natureza (ou de compreensão da Natureza segundo esquemas matemáticos), os cientistas modernos, aos poucos, foram desenvolvendo a imagem da matéria como algo meramente físico, um reservatório de elementos básicos. Neste ponto, uma questão se impõe: de qual experiência partimos para falar da matéria como algo existente em si mesmo? Pensando no tema do corpo e da alma, de qual experiência partimos para falar do corpo ou da matéria individual como algo independente e existente por si? De que falamos quando falamos de matéria?

Identificar a experiência ou a vivência que fundamenta cada conhecimento é uma tarefa assumida pela fenomenologia. Poderíamos esperar, então, por uma fenomenologia da matéria, uma investigação que chegue às vivências ou experiências com base nas quais falamos de *matéria*. Especificamente no caso da relação entre matéria e consciência, ou corpo e consciência, Henri Bergson (*1859 – †1941) foi um dos pioneiros a levantar a problemática da separação entre cérebro (matéria) e consciência.[13] Todavia coube a Edmund Husserl (*1859 – †1938) criar o método da fenomenologia tal como nos interessa conhecer agora, com a finalidade de tratar do tema da matéria e da alma.

---

[13] Um registro impressionante da fineza do tratamento bergsoniano para a problemática da relação entre matéria e consciência está nas suas *Conferências*, que podem ser lidas no volume *Bergson* da Coleção "Os Pensadores" (BERGSON, 1983).

A atitude fundamental do método fenomenológico é a de reter nosso julgamento sobre cada coisa estudada, sem nos comprometermos com nenhuma explicação sobre ela, até chegar ao que há de evidente na respectiva coisa. A essa atitude dá-se o nome de *epoché*, termo grego que significa justamente *retenção, suspensão, parada*. O que devem ser parados são o pensamento e sua tendência a já fornecer explicações sobre a coisa investigada, antes mesmo de encontrar o que há de evidente e inquestionável a respeito dessa coisa. Ora, o que há de evidente e inquestionável é sempre o modo como a coisa aparece para nós. Podemos questionar as explicações dadas sobre a coisa, mas não a sua aparição para nós. A essa percepção de algo com evidência é que, em fenomenologia dá-se o nome de *experiência* ou *vivência*; e, na busca dessas experiências ou percepções de algo com evidência, Husserl foi radical. Ele começou por colocar a própria existência do mundo entre parêntesis, quer dizer, sob *epoché*. Ele buscava, assim, as experiências evidentes com base nas quais se fala de "mundo". Se o mundo existe ou não, pouco importa na investigação do que é evidente; ora, ao falar de "mundo", o que é evidente são as percepções que temos do "mundo". Cabe, então, ao fenomenólogo investigar essas percepções até chegar ao maior grau de evidência como fundamento das imagens de mundo com que operamos. A *epoché* não deixa o mundo para trás, como se precisasse voltar depois para recuperá-lo. O que ela deixa em suspenso é a crença na *existência* do mundo. Quem se ocupa da existência do mundo são as ciências particulares, e até a Filosofia em questões de Metafísica. Quanto à fenomenologia, ela se concentra na *evidência* do que aparece à consciência: as percepções do mundo.

As diferentes percepções (as percepções de cada consciência individual) revelam uma estrutura ou um dinamismo comum (do contrário, não haveria comunicação) e chegar a essa estrutura é o objetivo da fenomenologia. Assim, a percepção que cada um de nós tem desta lousa pode variar, mas nós nos entendemos porque possuímos uma estrutura comum que permite captar sob múltiplos ângulos isto a que damos o nome de lousa: podemos captar cor, textura, superfície, volume, som, cheiro, gosto, densidade e muitas outras coisas que compõem a essência deste "isto" chamado lousa. Também podemos investigar a essência da alegria, para além das características singulares (intensidade, duração, motivo etc.) da alegria vivida pelas pessoas singulares. E sobre a essência, tal como descrita em suas múltiplas facetas, não cabe dúvida. Ela é o que se dá como evidente sob todos os aspectos percebidos. É a ela, então, quer dizer, à essência, ou às essências, que busca chegar a fenomenologia. A essa busca, Husserl deu o nome de *retorno às coisas mesmas*. As coisas mesmas não são as coisas individuais (esta lousa, esta alegria, esta rosa, esta pintura e assim por diante), mas as coisas realmente evidentes e inquestionáveis: aquelas vistas sob a luz de suas essências. As coisas individuais são objeto das ciências particulares; à fenomenologia cabe retornar às essências.

Dessa perspectiva podemos visualizar a dificuldade em chegar à essência da matéria, se por trás desse nome buscarmos algo como um repositório de elementos físicos. Qual experiência revela esse repositório? Em outras palavras, qual experiência inquestionável, indubitável, evidente, permite falar de matéria? Qual experiência evidente, qual percepção direta e indubitável, nos permite falar da matéria por trás da madeira? Só temos experiência de porções singulares de madeira, cadeiras, caibros, assoalhos, galhos e troncos de árvores. Tudo isso é madeira, em estado bruto ou transformada em tábua, a qual serve para cadeira, caibro, assoalho etc. Portanto, vejo sempre coisas singulares (cadeira, caibro, tronco) que comungam uma essência (a madeira), coisas já dotadas de uma identidade ou uma essência. O que me permite, então, ir além dessas coisas singulares para dizer que elas têm matéria? Como experimentamos a matéria nela mesma?

    Falar da matéria nela mesma é um procedimento mais metafísico do que empírico. No mínimo, falar de matéria é um discurso indireto, pois para falar dela é preciso primeiro comentar sobre outras coisas. Alguém poderia fazer uma objeção a essa altura e dizer que os cientistas já explicaram que tudo é carbono. O fenomenólogo, porém, dirá que, falando em termos de evidências, não conhecemos porções de carbono, mas sim coisas singulares dotadas de identidades comuns e classificadas segundo espécies e gêneros físicos. Se essas coisas são compostas de carbono, cabe aos cientistas discutir, confirmar, refutar, enfim, explicar. Porém, a fenomenologia não quer explicar as coisas, menos ainda interpretá-las, pois explicações e interpretações não são dotadas de evidências ou são inquestionabilidades. Se a evidência está do lado do modo como as coisas aparecem para nós, é aí, então, que se concentra o fenomenólogo. Assim, no tocante à matéria, pouco importa, em fenomenologia, saber que ela é composta de carbono. O que importa é chegar à experiência direta, evidente, inquestionável, que justifique falar de matéria. O ponto de honra da fenomenologia não é dar explicação ou interpretação, mas descrever o modo como nos relacionamos com tudo e isso significa entender como as coisas aparecem para nós e como as dotamos de sentido: nesse ponto não há interpretação.

    Quanto à relação com as teorias científicas, cabe aqui um parêntese: nós podemos ou não nos comprometer com uma explicação científica, mas, para permanecer no registro da fenomenologia, não podemos cair na tentação de querer fazer ciência, pois deixaríamos de nos concentrar na evidência da aparição das coisas à nossa consciência para querer explicar o que as coisas são ou por que elas são como são. Ademais, é importante lembrar que as teorias científicas não são dotadas de evidências, no sentido de experiências diretas ou intuições[14], e nem são necessariamente insubstituíveis. No caso das teorias sobre a matéria, isso é explícito: até 60 ou 70 anos atrás dizia-se que ela era composta de átomos de carbono, e os átomos seriam como miniaturas de matéria, quer dizer, elementos sólidos, extensos e pesados; ora, o que isso significa hoje, depois do surgimento da física quântica, cuja grandeza foi demonstrar que, quando se entra na estrutura dessas tais miniaturas pesadas, extensas e compactas, percebe-se que não há apenas elementos que se movem no espaço, mas também a intervenção do tempo? Com efeito, na observação da base mais "ínfima", na percepção da matéria mais básica, há elementos que se mostram e se ocultam, sem fixidez, sem peso, sem serem compactos, em total movimento. Dito de outra maneira, o modelo quântico de explicação, ao pretender ser mais fiel à experiência da matéria em seus níveis mais ínfimos, atribui a ela características do que se costumava chamar de *energia*. Ora, a matéria seria, então, energia. No próprio âmbito da ciência da matéria, o tema da sua natureza é, portanto, muito complexo. Ainda assim, a fenomenologia não pode se comprometer com a explicação da matéria como energia ou não. Ela busca a experiência ou vivência que permite falar

---

[14] O termo *intuição* é empregado aqui em seu sentido tecnicamente filosófico: intuição é uma forma de conhecimento direto, sem intermediários, como quando se diz que a visão de uma cor é uma intuição sensível ou que a compreensão imediata da frase "o dobro é maior do que as partes" é uma intuição intelectual. O termo *intuição* vem do verbo latino *intueor, intueri* que significa "fixar o olhar em algo". Desta forma, surge a metáfora de que conhecer diretamente é "ver" (a intuição táctil é uma "visão" direta pelo toque; a intuição auditiva é uma "visão" direta pelo ouvir; e assim por diante).

de matéria e concentra-se na descrição dessa experiência. Se só temos experiência de coisas singulares, o que justifica ir além delas e pressupor que todas elas são compostas de uma matéria comum ou *a* matéria?

Apliquemos essa problemática à percepção de nosso próprio corpo considerado como porção de matéria. Qual tipo de experiência nos autoriza dizer que temos um corpo pura e simplesmente material? Se já é difícil justificar experiencialmente o discurso sobre *a* matéria, mais difícil ainda se torna dizer que nosso corpo é apenas matéria (e não também alma, por exemplo, ou qualquer outra coisa). A dificuldade é a mesma que enfrentamos para falar da matéria por si mesma: só temos experiência de seres singulares, quer dizer, já informados por uma identidade pessoal; e não é explícita a base experiencial ou vivencial que permite passar da percepção dos indivíduos à afirmação de que eles são "apenas corpo" ou mesmo "corpo e alma". Da perspectiva da concentração fenomenológica na evidência das vivências, sequer parece legítimo dizer que o ser humano é também uma alma, pois não temos experiência da alma tanto como não temos experiência do corpo isolado (apenas da matéria humana). Há experiência de pessoas singulares. Passar dessa experiência à afirmação da existência do composto corpo-alma é um desafio que só pode ser legitimado por um único processo: identificar experiências que justifiquem tal afirmação, quer dizer, que levem a descrever o ser humano como um composto de corpo e alma, ou, em outras palavras, como uma unidade corpo-alma.

2. A descrição do ser humano como corpo-alma segundo o pensamento de Edith Stein

O ponto de partida fenomenológico, como já insistimos, é a experiência marcada por evidências. No projeto de escrever uma antropologia filosófica, ao analisar o ser humano – não como mais uma interpretação do ser humano, porém como uma descrição da estrutura que se revela na experiência –, Edith Stein procura identificar o que o ser humano tem de comum com os outros seres, bem como o que tem de próprio.[15]

Ela encontra um modo de descrever a materialidade, identificando três características que sempre aparecem em tudo o que chamamos de material. Em outras palavras, ela realiza uma fenomenologia da matéria, tal como mencionávamos no item anterior quando comentamos a dificuldade de falar da matéria com base em uma experiência da matéria por si mesma. Na esteira de Husserl, ela conseguirá falar da matéria partindo da experiência das coisas materiais singulares, e, nesse sentido, as três características de algo material seriam: (1) individualidade; (2) ser algo formado, e não informe; e (3) ser captável por meio dos cinco sentidos.

Com efeito, tudo o que chamamos de material é experimentado como algo individual, fechado em si mesmo. Não se trata de ser fechado no sentido de obtuso, mas de formar uma unidade e ser único. Não se confunde uma flor com outra; e uma flor não é algo fluido que se junta com outra flor, mas há flores individuais, "fechadas" em si mesmas. Além disso, tudo o que chamamos de material é algo formado, quer dizer, é sempre um *algo*, algo determinado. Em outras palavras, sempre percebemos seres individuais com

---

[15] Salvo quando algum outro texto for mencionado, todos os passos de Edith Stein aqui reproduzidos podem ser encontrados na obra *A estrutura da pessoa humana / Der Aufbau der menschlichen Person*. (STEIN, 2015). Para a maioria dos leitores de língua portuguesa, certamente é mais acessível a tradução espanhola, que é bastante razoável, mesmo contendo imprecisões e equívocos, e mesmo não sendo baseada na edição crítica citada acima. (STEIN, 2007).

uma identidade própria, e nunca seres amorfos ou informes. Por fim, o que chamamos de material é algo que pode ser percebido por meio de nossos cinco sentidos.

A sensibilidade, a forma e a individualidade não são levantadas aqui como características do ser das coisas, mas como características implicadas no modo como as coisas se mostram a nós. Em outras palavras, é na relação do sujeito com as coisas que essas características aparecem. Esse sempre foi um cuidado da fenomenologia para não se transformar em apenas mais uma visão metafísica ou uma explicação científica.

As três características aparecem, assim, em tudo o que tem um corpo, ou seja, uma porção de matéria. Para falar desse nível de corporalidade ou de materialidade, Edith Stein usa o termo alemão *Körper*, "um corpo entre outros": a planta tem corpo, a pedra tem corpo, o animal tem corpo, nós temos corpo. Mas, como mostra Edith Stein em *A estrutura da pessoa humana* III, I, 1, a observação da corporeidade dos entes materiais permite sofisticar a descrição deles, porque podemos dividi-los em dois reinos: aqueles entes que mostram ser resultados de fatores externos (o clima, o espaço, o atrito, o distanciamento etc.) e aqueles entes cujo modo de ser, embora também determinado por fatores externos, brota de dentro deles mesmos. Esse movimento que brota de dentro de alguns entes materiais é observável de modo especial no ser humano, porém está também em outros seres, como no reino vegetal e no reino animal. Apenas os minerais são entes que resultam inteiramente de fatores externos. Na verdade, mesmo os minerais possuem um modo de ser ou uma *legalidade*, uma estrutura própria. Basta observá-los com atenção, como insiste Edith Stein: os cristais não se quebram de qualquer maneira, entretanto à sua maneira específica; o mesmo ocorre com as pedras. Todavia, mesmo contendo uma legalidade ou uma estrutura inteligível, os minerais não revelam aquele dinamismo que brota do interior das plantas, dos animais não racionais e dos seres humanos, dinamismo esse que é responsável pela conservação desses entes específicos (os minerais continuam a existir por razões que não brotam deles; já as plantas, os animais e os humanos deixam de existir quando cessa o movimento que brota de seu interior).

Quando, porém, fala-se aqui de movimento ou dinamismo, é preciso ter cuidado, pois o sentido desses termos não é apenas o de movimento geográfico ou de deslocação no espaço. Trata-se do sentido filosófico mais técnico e clássico: movimento significa transformação, entrada em novas maneiras de ser. Assim, uma árvore pode ficar imóvel em seu lugar, mas ela tem movimento porque está sempre em transformação, deixando de ser o que era em um instante para ser renovada em cada instante posterior. Os minerais também têm movimento porque também se transformam, contudo seu movimento vem sempre de fora. Já nas plantas, nos animais e nos seres humanos, o movimento, mesmo se influenciado por fatores externos, mostra brotar de dentro deles e assumir diferentes aspectos: mostra-se como nutrição, conservação e desenvolvimento (no caso dos vegetais, animais e humanos), como sensibilidade (no caso dos animais e dos humanos), ou ainda, como inteligência e vontade (no caso dos humanos).

O fenômeno do movimento permite, então, identificar uma primeira fronteira entre os entes: o mineral tem como especificidade o movimento sempre vindo de fora (sua existência é inteiramente determinada por fatores externos), ao passo que o vegetal, o animal e o humano têm como especificidade o movimento que vem de dentro. É possível, obviamente, identificar uma dimensão mineral nas plantas, nos animais e nos humanos (a composição química deles, por exemplo, e, principalmente, os ossos, no caso dos animais e dos humanos), mas a complexidade desses entes é muito maior do que a dos minerais.

Outro esclarecimento didático importante: tenhamos cuidado com a ideia de interno/externo, dentro/fora: *vir de dentro* não tem sentido de lugar ou de algo que está em um ponto dentro do corpo; significa que o princípio do movimento ou da transformação está no próprio ente. Trata-se de um princípio que age "dentro", quer dizer, é inseparável do ente e age na sua totalidade. Esse esclarecimento permite dar um passo importante aqui, lembrando que, justamente pela simbologia do impulso que vem de dentro, desde cedo se deu a esse princípio o nome de *alma* na história do pensamento ocidental. A etimologia do termo alma (*anima* em latim, *psyché* em grego) vem do vocabulário do sopro, do hálito, do vento: em suma, movimento. Se considerarmos que outra maneira de nomear o movimento é chamá-lo de *vida*, podemos exprimir a primeira fronteira entre os seres como uma fronteira entre seres inanimados e seres vivos. Dessa perspectiva, plantas, animais e humanos são vivos, têm alma ou movimento que brota do interior deles. Como podemos perceber, ainda a título de esclarecimento, Edith Stein não chega à ideia de alma por meio de afirmações dogmáticas, mas como um recurso para explicar a diferença observada com evidência nos entes: minerais não têm alma (movimento, vida); plantas, animais e humanos, sim.[16] Nota-se ainda que Edith Stein não fala da alma como algo que é somado ao corpo (posto "dentro" dele), mas como algo intimamente ligado ao corpo, a vitalidade do próprio corpo.

---

[16] Está claro que, didaticamente, já estamos operando aqui com a distinção entre plantas, animais e humanos, mas, por enquanto, apenas a diferença entre seres vivos e não vivos foi obtida fenomenologicamente. É apenas na sequência que a divisão dos seres vivos em três grupos será justificada.

Por esse aspecto, ela se aproxima bastante da metáfora usada por Santo Agostinho (★354 – †430): a alma é a *tensão vital*, a tensão que se irradia pelo corpo e que o mantém em funcionamento[17] (assim como, poderíamos dizer, o retesamento necessário para que a corda de um instrumento musical emita o som que lhe é próprio).

Nesse contexto, porém, Edith Stein usa um termo alemão bastante genérico para se referir à alma das plantas, animais e humanos. De fato, em alemão, há dois termos para designar a alma: *Seele* e *Psyche*. O primeiro designa a alma no sentido mais geral da vida que brota de dentro; o segundo designa, especificamente, a alma inteligente e livre do ser humano. Em português, é praticamente um consenso usar o termo *alma* para traduzir *Seele*, e *alma espiritual* ou *alma racional* para *Psyche*. Traduz-se ainda *Psyche* por *espírito* que, em alemão, também se diz *Geist*. De todo modo, no contexto da distinção dos entes vivos e não vivos, Edith Stein emprega *Seele*.

Adiante, na obra *A estrutura da pessoa humana*, Edith Stein passa a usar os termos de Tomás de Aquino: a *alma vegetativa* é a alma que nutre, conserva e desenvolve o corpo – alma típica das plantas; a *alma sensitiva* é a alma que tem sensibilidade, quer dizer, a capacidade de sentir por meio do corpo (por meio dos cinco sentidos) – alma típica dos animais; e a *alma racional* ou *espiritual* é a alma dotada de pensamento e liberdade – alma típica dos humanos. A alma vegetativa é a menos complexa ou sofisticada; a alma humana é a mais complexa; a alma dos animais é intermediária. Entretanto, a cada grau nessa escala inclui-se o grau anterior: a alma sensitiva inclui a vegetativa; e a *alma racional*, a alma humana, inclui a alma vegetativa e a alma sensitiva. É

---

[17] Cf. AGOSTINHO DE HIPONA, Carta 166: http://www.augustinus.it/spagnolo/lettere/index2.htm.

por essa razão que Edith Stein fala também do ser humano como uma unidade tripartite de *corpo, alma e espírito*: o corpo é a materialidade; a alma é a vitalidade e a sensibilidade; a psique é a função inteligente e livre da alma. Lembremos, porém, que não existem três almas no ser humano, e sim a mesma vitalidade que move os outros seres vivos, contudo com uma qualidade de outra ordem, uma sofisticação maior (razão pela qual, envolvendo o pensamento e a liberdade, a alma humana será definida como imortal por diferentes filósofos e em diferentes religiões, especialmente no cristianismo para o caso de Edith Stein).

Lembremos também que Edith Stein não produz um "ensinamento iluminado" sobre a alma e sua tríplice qualificação nos entes. Mesmo adotando o vocabulário de Tomás de Aquino, seu procedimento continua rigorosamente observacional e descritivo, como fica bastante claro principalmente em *A estrutura da pessoa humana* III, II, 1: em primeiro lugar observa-se que há seres dotados de movimento interno (seres vivos) e seres não dotados de movimento (seres não vivos); em segundo lugar, observa-se que o movimento que vem de dentro é comum a plantas, animais e humanos, são distinguidos entre si porque revelam graus crescentes de percepção ou de uso de seu corpo como meio de captar informações (esse grau é praticamente inexistente nas plantas, sendo mais desenvolvido nos animais e ainda mais nos seres humanos, pois neles a percepção culmina em reflexão e liberdade, dados que não se observam nos animais não humanos).

É importante dizer que, para Edith Stein, falar de percepção é falar de consciência. As plantas, mesmo mostrando ter certa percepção em algumas circunstâncias, não revelam ter consciência no sentido de se ver como um *polo* de relação com outros polos. Elas podem reagir ao meio, o que revela certo tipo de percepção, porém não mostram ter algum grau de consciência de si, de visão de si mesmas como polos em relação. Já os animais revelam ter certo grau de consciência de si. Diferentemente das plantas, eles possuem uma *abertura para dentro* (não apenas reagem ao meio, mas se percebem a si mesmos). Esse é um tema muito fecundo em Filosofia porque é uma das formas de assegurar que os animais não têm só os cinco sentidos, mas também um sentido interno. Neste ponto, a experiência auditiva é um fenômeno inquestionável: quando alguém está atrás de um cão e o chama, o cão se vira para ver de onde vem o chamamento. Esse fato mostra uma espécie de julgamento ou *juízo interno* que avalia os outros sentidos físicos, externos: não é a audição que percebe o fato de que a voz vem de um lugar fora do campo visual; é um sentido interno que julga o conteúdo da audição (o chamado) e da visão (o campo visual), fazendo com que o cão se vire para ver de onde vem o som. Edith Stein descreve o animal como um ser que comporta uma abertura para dentro: ele não percebe só o que lhe é externo, mas se percebe a si mesmo e, nesse aspecto, ele é semelhante ao ser humano. Não quer dizer que ele pense ou reflita, todavia que ele se vê como um polo de relações.

O passo subsequente de Edith Stein, nessa descrição dos entes com ênfase na alma que dá a vitalidade à materialidade, consiste em investigar a especificidade humana. Assim, em *A estrutura da pessoa humana* IV, 1, ela se detém no modo como se dá a abertura para dentro no caso dos seres humanos. Em sua descrição, a *abertura humana para dentro* é marcada por pulsão (*Trieb*)[18] e liberdade, sensibilidade e expressividade, caráter e vida psíquica presente ou atual.

---

[18] Considero melhor traduzir *Trieb* por *pulsão* porque a outra possibilidade, *impulso*, ficaria muito ligada ao sentido de instinto como algo inescapável. Edith Stein usa o mesmo termo *Trieb* para animais e humanos, mostrando

Os animais também revelam pulsões e certo grau de liberdade. As pulsões são todos impulsos determinados biologicamente; a liberdade, a possibilidade de escapar a esse determinismo. Ora, mesmo que um cão tenha fome (determinismo biológico), ele não sairá sob uma chuva forte só por estar faminto, mas vai esperar a chuva passar.

Então, a abertura ou o voltar-se para "dentro" significa, em primeiro lugar, ter pulsões e liberdade.[19] Tal abertura também implica sensibilidade: os animais têm a possibilidade de apreender objetos por meio dos cinco sentidos. Não são os cinco sentidos que captam, mas a experiência interna que elabora o que capta por meio dos cinco sentidos. Há um tipo de *visada* ou de intencionalidade mesmo nos animais, pois sua atenção é sempre voltada para algo. Nos seres humanos, porém, tanto a abertura para dentro como a sensibilidade manifestam-se de maneira qualificada, diferente. Observa-se não apenas uma diferença de grau, mas de qualidade. Em nós, a animalidade é tipicamente humana. Não temos um grau animal ao qual se junta algo humano. Somos um ser uno, o que quer dizer que vivemos

---

que em ambos, ainda que em graus diferentes, há a possibilidade de interferir nos determinismos biológicos. Quando ela fala da Psicologia Profunda, se refere à psicologia das pulsões como movimentos ou elãs nem sempre determinísticos (eles podem até ter origens em hábitos, não sendo, portanto, necessariamente instintos).

[19] Edith Stein identifica no ser humano, ainda, a *motivação*. Em linhas gerais, trata-se da possibilidade de tomar consciência de tudo o que nos constitui e de transformar o que nos constitui em motor de ação. Isso é o que permite ao ser humano escapar mesmo a um determinismo psíquico, pois implica a possibilidade de interferir na própria história pessoal e nos condicionamentos que ela produz. Para um estudo completo da motivação, ver *Beiträge zur philosophischen Begründung der Psychologie und der Geisteswissenschaften*. (STEIN, 2010). Tradução espanhola: Contribuciones para la fundamentación filosófica de la Psicología y de las ciencias de lo espíritu (STEIN, 2006).

nossa corporeidade, nossa abertura para dentro e nossa sensibilidade de um modo exclusivamente humano, uma vez que essas dimensões são fecundadas já pela expressividade, pelo caráter e pela vida psíquica presente (em suma, pela alma racional ou espiritual).

Não é por acaso que, ao referir-se à abertura para dentro manifestada pelos animais, Edith Stein usa a expressão *Innen seit* (*seit* é uma forma do verbo *Sein*, ser, e *Innen* significa *dentro*), reservando, para o caso dos seres humanos, o termo *Innerlichkeit* que designa a qualidade de ser orientado para dentro. Assim, no caso do ser humano, a abertura para dentro não é algo esporádico ou que se aciona apenas em função dos fatores externos, mas é uma qualidade perene, é sua condição mesma. Essa condição se revela, sobretudo, pela *expressividade*, no sentido fenomenológico do termo: cada ser humano é, por seu modo de ser e agir, uma expressão de sua identidade mais íntima e singular. Não se trata de dizer simplesmente que cada alma se exprime por meio do corpo, mas que aquilo que se vê em alguém é expressão de seu ser inteiro. O que a pessoa é, é expressão de si, da sua unidade corpo-alma. Ela também é dotada de *caráter*, de um traço de personalidade e comportamento inteiramente seu e característico da abertura para dentro tal como vivida unicamente por ela. Nesse sentido, os animais não têm caráter, pois, ainda que cada animal tenha suas particularidades, elas se revelam determinadas pelo modo de ser da sua espécie. Dito de outra maneira, se afirmarmos que a alma de cada ser vivo se manifesta pelos seus atos, o que veremos nos atos dos animais não humanos é apenas um conjunto de características definidas já na sua espécie, ao passo que os atos de cada ser humano revela um modo de ser que é único: cada pessoa singular, sobretudo por sua maneira de exprimir seu caráter e por suas escolhas mais ou menos livres, é um ser único e irrepetível; não é uma mera manifestação da espécie humana.

Edith Stein completa essa descrição em *A estrutura da pessoa humana* IV, 6, apontando ainda: (a) para o modo como a sensibilidade interna, no ser humano, é vivida de modo iluminado pela inteligência (o que não ocorre com os animais não humanos); (b) para a possibilidade de formação e perda de hábitos; (c) para o modo como cada ser humano tem uma vida psíquica presente ou atual, quer dizer, formatada pela atenção à singularidade de cada instante, podendo ter consciência dos vínculos do presente com o passado (sem uma relação de causalidade fatídica) e projetando-se para o futuro.

É essa complexidade da experiência humana, tal como observada e descrita por Edith Stein, que leva, então, a dizer que há um salto da natureza animal à natureza humana. Apesar do certo tipo de liberdade que se observa nos animais não racionais, é possível dizer que eles são submissos ao determinismo natural porque não são capazes de operar com escolhas conscientes e refletidas. Eles até podem interferir no determinismo, mas isso não é realizar o ato de *vontade* que os humanos realizam. A própria "liberdade" dos animais já é prevista no determinismo da Natureza; a liberdade humana, não. Chegamos, então, a uma última fronteira entre os seres da Natureza: a fronteira entre animais irracionais e animais racionais. Não é por acaso que, uma vez manifestada essa fronteira, Edith Stein prefere empregar o termo *Geist* para referir-se à alma humana: sua alma é espírito, ainda que ela contenha funções comuns à alma (*Seele*) dos vegetais e dos animais não racionais.

É importante não recair em um modo dualista de falar do ser humano. A separação entre alma e corpo é meramente didática. Edith Stein a chama de separação falsa porque na realidade o que existem são indivíduos unitários, formados da unidade íntima corpo-alma.[20] Apenas para dar um exemplo de como precisamos ficar atentos ao nosso modo de falar: tradicionalmente se tem a imagem de que as pulsões ou mesmo os instintos vêm do corpo, mas Edith Stein diria que eles não vêm nem do corpo nem da alma; eles vêm da unidade da pessoa. É do ser psicofísico-espiritual de cada indivíduo que brotam suas pulsões (de sua corporeidade, mas também de sua alma, com sua história, sua memória, o modo como sua sensibilidade é vivida etc.). E todos esses dados ou todas essas "estratificações" na descrição do ser humano levam-nos a falar de *alma* porque se elas fossem apenas materiais ou apenas corporais, elas já seriam observadas nos outros seres que também têm corpo ou materialidade, o que a experiência evidente não confirma de modo algum.

O mestre de Edith Stein, Edmund Husserl, sempre usou o termo *pessoa* para referir-se ao ser humano singular. Sendo de proveniência cristã, esse termo estava sob suspeita no século XIX e início do século XX, período em que se desconfiou radicalmente da liberdade humana e das contribuições do cristianismo para a história do pensamento. Edith Stein, porém, continua o uso husserliano e o fortalece, chegando à afirmação da liberdade humana não de maneira

---

[20] Em sua obra de maturidade *Ser finito e eterno*, Edith Stein toma o dogma cristão da Santíssima Trindade como modelo para pensar a unidade da pessoa humana: assim como Pai, Filho e Espírito Santo não formam um aglomerado de três deuses (como se fossem a mistura de água, óleo e areia), assim também a unidade humana corpo-alma ou corpo-alma-espírito não forma um aglomerado, mas uma unidade radical (assim como, metaforicamente, a água do mar é uma unidade radical entre hidrogênio, oxigênio e sódio). A esse respeito, permito-me mencionar o estudo "Trindade como arquétipo da pessoa humana: a inversão steiniana da analogia trinitária" (SAVIAN FILHO, 2016).

ingênua, como se a liberdade fosse a possibilidade de não sofrer nenhuma determinação. É justamente a possibilidade de interferir em maior ou menor grau nas determinações, e, sobretudo, no exercício da autoconsciência, que constitui a liberdade. Tal possibilidade, aliás, é inegável caso seja tomada a sério a observação da experiência humana.

Reforçando ainda mais a unidade de cada ser humano e a possibilidade de escapar do determinismo externo, Edith Stein completa sua descrição, identificando outro fenômeno de grande significação para sua antropologia: no caso dos seres humanos, a abertura para "dentro" também significa uma forma de lidar com o que está "fora". Trata-se da *responsabilidade* como traço exclusivamente humano. No animal irracional se vê a abertura para dentro, mas ele não diz *eu*. Quando olho para um cão, vejo que ele me vê, porém vejo também que ele tem uma "alma muda", no sentido de que não exprime nada de exclusivamente seu; afinal, mesmo se vendo como polo de relações, ele não revela autoconsciência como polo. Já o olhar de um ser humano sempre é um olhar de alguém que diz *eu*, que conhece sua própria história e tem um modo único de entrar na existência e de realizar tudo o que recebe da espécie humana. Aliás, não se entra na intimidade do outro se ele não permitir. Para entrar realmente no mundo interno de alguém, requer-se uma troca espiritual.

Edith Stein chama também de *espiritualidade* à abertura humana para dentro e para fora, como se observa em *A estrutura da pessoa humana* VII. O espírito – visto como a dimensão humana do pensamento e da liberdade – é abertura; então, a espiritualidade é a condição de ser aberto para dentro e para fora. O sentido especificamente religioso (que pode ser visto em várias partes da obra, mas principalmente na parte IX) não é mais do que o aprofundamento ou a intensificação da abertura para dentro e para fora. Dessa perspectiva, uma experiência religiosa só é autêntica se apresentar-se como desenvolvimento positivo da própria estrutura humana, e não como uma mudança dessa estrutura.

É essa estrutura de abertura, encarnada e acionada por todo ser humano, que recebe o nome de *alma*. Não se trata de conceber a alma como um acréscimo externo ao corpo, uma entidade quase fantasmagórica, e sim de entender que o corpo humano é habitado por uma vitalidade não típica da matéria pura e simples. Se toda matéria fosse dotada dessa estrutura ou se essa estrutura fosse "apenas física", teríamos de afirmar que mesmo os minerais a teriam, o que contraria a experiência evidente. Mesmo que explicações físico-químicas desvendem a composição material do ser humano ou que interpretações filosóficas o chamem de cruzamento de forças ou do que quer que seja, o olhar fenomenológico concentra-se no fato de que cada ser humano é capaz de chamar-se *eu* e não aceita ser confundido com outros *eus*.

Por conseguinte, a fenomenologia do ser humano praticada por Edith Stein termina por lançar luz sobre a própria materialidade, seja a materialidade humana, seja a materialidade em geral: a matéria é sinônimo de possibilidade; ela não é reserva de elementos, os quais, aliás, não experienciamos, mas reserva de potências, de possibilidades. De certa maneira, a alma também é material porque tem potências; e a matéria, de certa maneira, também é espiritual porque ela não subsiste sem um caráter inteligível, estruturado. A árvore pode se tornar madeira, se tornar a parede de uma casa; já a carne de um animal, não. Assim, o desenrolar da própria matéria de cada ente material revela um modo de ser que é dado pela identidade daquele ente. Dessa perspectiva, parece legítimo dizer que não há algo como uma "matéria pura e simples", mas sempre matéria formada, matéria dotada de uma forma, a essência da coisa material. Como se pode dizer com base em Tomás de Aquino, autor descoberto por Edith Stein ao longo de sua carreira filosófica, a matéria-prima é uma ideia metafísica; o que observamos realmente é a *materia signata quantitatae*, a matéria marcada por uma quantidade (uma porção de matéria).[21]

3. Fenomenologia e Psicologia

O trabalho de Edith Stein, sem dúvida, pode contribuir significativamente com a Psicologia como ciência e com a clínica. Exemplos nesse sentido há muitos.[22] A maneira rigorosa de identificar e descrever a alma – com uma riqueza de detalhes admirável, embora aqui apresentada em traços demasiado largos – é certamente a melhor parte dessa contribuição. No entanto, ela também tem uma contribuição mais técnica, ligada à constituição da ciência psicológica, pois, na sua visão, a Psicologia do fim do século XIX e início do século XX (inclusive a Psicologia Profunda) carece de fundamentos no nível dos conceitos com os quais operava. Hoje o cenário mudou; no entanto, essa contribuição mais técnica de Edith Stein permanece inteiramente válida, sobretudo porque sobre fenomenólogos e psicólogos paira sempre o risco de se retomar um esquema mecanicista ao falar da pessoa humana, confundindo a vida da consciência (objeto da fenomenologia) com a vida psíquica (objeto da Psicologia). Para evitar tal confusão, a melhor maneira é esclarecer o que

---

[21] Cf., por exemplo, *O ente e a essência* (TOMÁS DE AQUINO, 2002).

[22] Sugiro vivamente a leitura da coletânea: *Edith Stein e a psicologia: teoria e pesquisa*. (MAHFOUD & MASSIMI, 2013).

é uma coisa e outra, o que também permitirá uma melhor articulação entre fenomenologia e Psicologia.[23]

No momento em que Husserl e Stein escreveram, a Psicologia começava a se formar como ciência, bem como retornava o tema da alma no contexto das críticas da Filosofia alemã ao cientificismo mecanicista moderno. Havia diferentes tentativas de explicação do ser humano com base em dados meramente biológicos e físico-químicos, mesmo no tocante à relação entre determinação e liberdade. Não é à toa que será tão importante para Husserl e Edith Stein levantar o tema do que é o ser humano, assim como do que é determinação e liberdade. Dado que Edith Stein segue Husserl em todos os passos do método fenomenológico, é útil evocar aqui as linhas gerais de suas duas obras centrais, as *Investigações lógicas* (HUSSERL, 2012) e as *Ideias para uma fenomenologia pura e uma filosofia fenomenológica* (HUSSERL, 2006). A antropologia de Edith Stein é majoritariamente fundamentada no volume II das *Ideias* (editado por ela, aliás).[24]

Husserl publicou as *Investigações lógicas* entre 1901 e 1903. É praticamente a primeira obra em que ele toma uma posição mais completa contra o positivismo e o naturalismo – tendências que consistiam em associar toda a vida mental ao conjunto de experiências que os indivíduos têm de si mesmos e do mundo. Husserl percebia, porém, a necessidade de distinguir a vida psíquica (a vida interior de cada sujeito) daquilo que é universal ou comum a todas as experiências

---

[23] A melhor obra de Edith Stein para esse tema é, sem dúvida, *Contribuições para a fundamentação filosófica da psicologia e das ciências do espírito*, já citadas anteriormente aqui (STEIN, 2006 e 2010).

[24] Sugiro a leitura de "Motivação, lógica e psicologia explicativa em Edmund Husserl" (PERES, 2015) e de "Causalidade e motivação em Ideen II" (SANTOS, 2010).

individuais, ou, como dizia ele, da ordem das *idealidades* ou *objetividades*, ordem de tudo aquilo que é pressuposto nas experiências individuais.

Cada indivíduo tem uma experiência originária ou totalmente sua. Por exemplo, cada um vive a experiência de resolver uma equação matemática: começamos entendendo, uns vão até o fim, outros se perdem, mas a experiência de acompanhar o matemático ou de resolver por si mesmo a equação é totalmente singular. Não é possível viver exatamente o que o outro vive, mas pela expressividade de cada um, é possível saber o que o outro vive. Esse saber só é possível se o outro aciona e exprime idealidades ou formas universais que precedem a experiência singular. No caso de uma equação matemática, pressupomos a ideia de número, de soma, de adição etc. Todos entendem o que é um número, embora cada um vivencie essa ideia comum a seu modo.

Isso nos revela duas ordens: a ordem da *vivência singular* e a ordem das *idealidades*. As próprias regras do pensar, mesmo sem conteúdo, podem ser divididas nessas duas ordens porque uma coisa é viver naturalmente essas regras, evitando, por exemplo, cair em contradição; outra coisa é pôr-se a pensar sobre as regras nelas mesmas, descobri-las e refletir sobre elas. Nas *Investigações lógicas*, então, dois campos de pesquisa são abertos: o da fenomenologia pura (que se ocupa da ordem das idealidades) e o da Psicologia (que se ocupa do modo como cada sujeito vivencia os conteúdos que dão corpo às idealidades). Husserl chegou a chamar a própria fenomenologia de Psicologia, mas seria uma Psicologia descritiva, e não uma Psicologia científica ou explicativa.

Os primeiros estudantes de Husserl (inclusive Edith Stein no início de sua carreira) identificaram, no volume I das *Ideias*, uma ruptura com as *Investigações*, inclusive no tocante à separação entre fenomenologia e Psicologia científica. Bons especialistas, hoje, negam essa ruptura (Edith Stein mesma reviu sua interpretação inicial), dizendo que Husserl, mesmo se no momento inicial não tinha presente tudo o que escreveria anos depois em *Ideias*, já dava sinais de intuir caminhos que viria a tomar.[25]

É inegável que em *Investigações Lógicas* há certo "naturalismo" por parte de Husserl, pois ele ainda concebe as vivências num esquema muito próximo ao procedimento científico (segundo certa relação de causalidade). Ele escrevia justamente contra o naturalismo e contra a redução das idealidades ou objetividades a meros resultados de experiências psíquicas! Mas era como se ele tivesse uma montanha a atravessar e não podia olhar para os detalhes da mesma: a montanha a atravessar era o positivismo, o naturalismo e o cientificismo. Os detalhes vão eclodir no volume I de *Ideias*. Por isso, alguns disseram que ele deixou o objetivismo do início e teve uma "virada transcendental". Entretanto, não existe essa expressão em Husserl nem, certamente, o conteúdo por ela pretensamente designado. Seu idealismo transcendental fenomenológico (nada semelhante ao idealismo berkeleyano nem ao kantiano) já se anunciava nas *Investigações*. Contudo, é verdade que se observa em *Ideias* uma mudança de estilo, o qual continua analítico-descritivo porém relativizando radicalmente a relação de causalidade na ordem das vivências. Husserl melhora sua ideia de experiência ou vivência, eliminando resquícios psicologistas. Seja como for, ele estabelece com clareza a distinção entre a vida da consciência (a estrutura universal das idealidades, estrutura essa presente na experiência de todos os seres conscientes singulares e cognoscível na sua pureza, quer dizer, na sua

---

[25] Um dos melhores estudos nessa direção, a meu ver, é *Sur l'intentionnalité et ses modes* (ENGLISH, 2006).

pura idealidade, sem conteúdos precisos) e a vida psíquica (a vivência dos seres conscientes singulares, com conteúdos precisos que preenchem a estrutura da consciência pura).

Concluindo essa breve comparação entre *Investigações* e *Ideias*, lembremos que em *Ideias II* há três grandes partes: a primeira parte dedicada ao mundo não vivo; a segunda, dedicada ao mundo animal; e a terceira, ao mundo da cultura ou ao mundo espiritual. Husserl se deu conta de que precisava encontrar outro modo de falar da vinculação entre as vivências, pois o esquema da causalidade (segundo o qual tudo se explica por uma causa direta e necessária) é aplicável no mundo mineral e animal, mas não no mundo humano: os atos de consciência ou as vivências não se encadeiam de modo rigidamente causal (como se uma vivência ou experiência tivesse de acarretar necessariamente um determinado efeito, como ocorre no determinismo biológico).

Esse é um ponto que influenciará bastante no trabalho de Edith Stein em sua busca de fundamentação filosófica para a Psicologia. Como ela insistia, embora estejamos acostumados – por influência da História, da Sociologia ou da Psicologia – à afirmação de que uma vivência causa necessariamente outra, isso não condiz com a experiência humana. Não se anula a ideia de causalidade na vida psíquica, mas tal causalidade não se aplica ao fluxo de vivências segundo um esquema naturalista (quer dizer, assim como se dá com a causalidade observada na Natureza). Husserl e Edith Stein recorrem ao termo *motivação* (que precisamos distinguir do termo no sentido como hoje é usado) para referir-se a vivências que solicitam reações (sem causalidade necessária, como ocorre no reino da Natureza).

Ocupar-se justamente do nível puro da consciência (a consciência vista em sua estrutura universal, pura de conteúdos determinados) é tarefa, então, da fenomenologia. Quanto à

Psicologia, ela se ocupa da vida psíquica dos indivíduos e grupos (a vida concreta na qual se acionam as estruturas universais com conteúdos determinados). É o que pretende dizer Edith Stein quando registra, em sua tese de doutorado *O problema da empatia*,[26] que cabe à Psicologia investigar como nasce um indivíduo psicofísico real, ao passo que a fenomenologia descreve o que significa conhecer a consciência em geral manifestada na consciência alheia pelo aspecto ideal que aparece no encontro entre dois sujeitos.

No limite, é como se Edith Stein dissesse que a Psicologia é ciência de indivíduos, não uma ciência universal. Ela lida com universais, sobretudo quando segue a fenomenologia na descrição da vida do espírito. Entretanto, quando está diante de alguém, é como se começasse novamente: os psicólogos dispõem da descrição fenomenológica e devem considerar cada pessoa, sem encaixá-la em uma teoria. Uma vez que se visualiza a estrutura universal da consciência, é-se capaz de ver em que nível cada pessoa se encontra na consciência de si, dos outros e do mundo. Dessa perspectiva, a fenomenologia clareia as essências com que a Psicologia opera. Isso ocorre, aliás, com todas as formas de conhecimento: sempre se opera com essências, mesmo sem investigá-las; cada forma de conhecimento pode beneficiar justamente, então, da clarificação fenomenológica das essências com que opera. No caso específico da Psicologia, exemplos de essência são *sentimento, emoção, causa, efeito*, entre tantos outros. Em nosso percurso, procuramos seguir Edith Stein precisamente na clarificação da essência *alma*, no intuito de contribuir para esclarecer o que pode ser novamente uma *Psicologia com alma*.

---

[26] Cf. *Zum Problem der Einfühlung* (STEIN, 2010). Tradução espanhola: *Sobre el problema de la empatía* (STEIN, 2006).

Referências

AGOSTINHO DE HIPONA. Carta 166. Disponível em: <http://www.augustinus.it/spagnolo/lettere/index2.htm>. Acesso em: 4 jul. 2019.

ARISTÓTELES. *Metafísica*. Tradução de Marcelo Perine. São Paulo: Loyola, 2002.

BERGSON, H. *Conferências*. Tradução de Franklin Leopoldo e Silva. São Paulo: Abril Cultural, 1983. (Coleção "Os Pensadores").

BITBOL, M. *La conscience a-t-elle une origine? Des neurosciences à la pleine conscience:* Une nouvelle approche de l'esprit. Paris: Flammarion, 2014.

DESCARTES, R. *Meditações metafísicas*. Tradução de Bento Prado Júnior. São Paulo: Abril Cultural, 1983. (Coleção "Os Pensadores").

DIND, J. *Les manifestations de la conscience de soi chez l'enfant polyhandicapé: Édification d'un outil d'observation au service des professionnels*. Friburgo (Suíça): Universidade de Friburgo, 2018. Tese de doutorado. Disponível em: <http://doc.rero.ch/record/306941/files/DindJ.pdf>. Acesso em: 2 jul. 2019.

DUFFAU, H. *L'erreur de Broca:* Exploration d'un cerveau éveillé. Paris: Michel Lafon, 2016.

ENGLISH, J. *Sur l'intentionnalité et ses modes*. Paris: PUF, 2006.

HENLE, R. J. Santo Tomás e o platonismo. In: TOMÁS DE AQUINO. *Suma de teologia: Primeira Parte – Questões 84-89*. Tradução Carlos Arthur Ribeiro do Nascimento. Uberlândia: EDUFU, 2004. p. 52-72.

HUSSERL, E. *Ideias para uma fenomenologia pura e uma filosofia fenomenológica*. Tradução de Márcio Suzuki. Aparecida: Ideias e Letras, 2006.

HUSSERL, E. *Investigações lógicas*. 2 vols. Vários tradutores. São Paulo: Forense Universitária, 2012.

LEOPOLDO E SILVA, F. *Descartes:* a metafísica da modernidade. São Paulo: Moderna, 1994. (Coleção "Lógos").

LIBET, B. *Mind Time:* The Temporal Factor in Consciousness. Harvard: Harvard University Press, 2005.

MAHFOUD, M. & MASSIMI, M. (Org.s). *Edith Stein e a Psicologia:* teoria e pesquisa. Belo Horizonte: Artesã, 2013.

PERES, S. Motivação, lógica e psicologia explicativa em Edmund Husserl. *Ekstasis, v.* 4, n.1, p. 26-37, 2015.

SANTOS, S. L. Causalidade e motivação em Ideen II. *Guairacá, n.* 26, p. 7-27, 2010.

SAVIAN FILHO, J. Seria o sujeito uma criação medieval? Temas de arqueologia filosófica. *Trans/Form/Ação,* v. 38, n. 2, p. 175-203, 2015. Disponível em: <http://www.scielo.br/scielo.php?pid=S0101-31732015000200175&script=sci_abstract&tlng=pt>. Acesso em: 3 jul. 2019.

SAVIAN FILHO, J. A. Trindade como arquétipo da pessoa humana: a inversão steiniana da analogia trinitária. *Teologia em Questão,* v. 15, n. 2. Taubaté, p. 293-315, 2016.

SHELDRAKE, R. *Ciência sem dogmas:* a nova revolução científica e o fim do paradigma materialista. Tradução de Mirtes Frange de Oliveira Pinheiro. São Paulo: Cultrix, 2014.

SHEWMON, D. A.; HOLMES, G. L. & BYRNE, P. A. Consciousness in congenitally decorticate children: developmental vegetative state as self-fulfilling prophecy. *Developmental Medicine & Child Neurology,* v. 41, n. 6, p. 364–374, 1999. Disponível em: <https://onlinelibrary.wiley.com/doi/epdf/10.1111/j.1469-8749.1999.tb00621.x>. Acesso em: 2 jul. 2019.

STEIN, E. Estructura de la persona humana. In: STEIN, E. *Obras completas: vol IV: Escritos antropológicos y pedagógicos.* Tradução de F. Javier Sancho. Vitoria, Espanha: El Carmen, 2007. p. 555-749.

STEIN, E. Contribuciones a la fundamentación filosófica de la psicología y de las ciencias del espíritu. In: STEIN, E. *Obras completas. v. II: Escritos filosóficos: Etapa fenomenológica.* Tradução de F. J. Sancho e col. Burgos: Monte Carmelo, 2006. p. 207-520.

STEIN, E. *Sobre el problema de la empatía.* In: STEIN, E. *Obras completas. v. II: Escritos filosóficos: Etapa fenomenológica.* Tradução de F. J. Sancho e col. Burgos: Monte Carmelo, 2006. p. 53-204.

STEIN, E. *Beiträge zur philosophischen Begründung der Psychologie und der Geisteswissenschaften.* Friburgo na Brisgóvia: Herder, 2010. (ESGA, 6).

STEIN, E. *Zum Problem der Einfühlung*. Friburgo na Brisgóvia: Herder, 2010. (ESGA, 5).

STEIN, E. *Der Aufbau der menschlichen Person*. Friburgo na Brisgóvia: Herder, 2015. (ESGA, 14).

TOMÁS DE AQUINO. *O ente e a essência*. Tradução de Carlos Arthur Ribeiro do Nascimento. Petrópolis: Vozes, 2002.

CAPÍTULO II
Corporeidade, sensações e sentimentos vitais em Edith Stein:
um diálogo com a Psicologia Clínica fenomenológica

Giovana Fagundes Luczinski

> *Sou um guardador de rebanhos.*
> *O rebanho é os meus pensamentos*
> *E os meus pensamentos são todos sensações.*
> *Penso com os olhos e com os ouvidos*
> *E com as mãos e os pés*
> *E com o nariz e a boca.*
>
> *Pensar uma flor é vê-la e cheirá-la*
> *E comer um fruto é saber-lhe o sentido.*
>
> *Por isso quando num dia de calor*
> *Me sinto triste de gozá-lo tanto,*
> *E me deito ao comprido na erva,*
> *E fecho os olhos quentes,*
> *Sinto todo o meu corpo deitado na realidade,*
> *Sei a verdade e sou feliz.*
>
> ALBERTO CAEIRO

Introdução

A condição humana e suas especificidades têm sido tema de inúmeras reflexões ao longo da história do conhecimento nos mais diversos âmbitos. No pensamento ocidental, desde a mitologia grega, passando por religiões, pela tradição filosófica e pela constituição da ciência, as relações entre matéria, espírito, corpo e mente têm sido debatidas. Afinal, o ser humano seria um corpo que possui uma alma ou uma alma que possui um corpo? Como interioridade e ambiente externo se relacionam? Existe predominância de uma esfera sobre a outra? Estas são questões trazidas em diferentes campos do saber, inclusive nas manifestações artísticas e no chamado senso comum, agregando valores culturais, sabedoria tácita e descobertas científicas em um caleidoscópio de noções sobre a condição humana.

Na experiência vivida, pensamento e sentimento, mundo e subjetividade não são categorias separadas e estanques, como ilustra o poema que inicia este trabalho. No entanto, a polifonia de saberes que compõe culturas e singularidades passou a ser gradativamente abafada, notoriamente no período que se convencionou chamar de Modernidade (Figueiredo, 2007). Essa fase trouxe modificações significativas na organização social e na produção do conhecimento, principalmente por meio do capitalismo e do Iluminismo. O primeiro, ao se tornar o modo hegemônico de produção, implanta a lógica da produtividade contínua e ilimitada, atrelada ao consumo, ao hedonismo e ao individualismo necessários para que se sustente. Paralelamente, o foco na razão e no pensamento liberal elege a ciência como campo privilegiado de produção do saber, aliada a valores como linearidade, progresso e neutralidade, que buscam explicações passíveis de generalização. A racionalidade instrumental substitui a razão contemplativa, como coloca Marcuse (1973), e tudo aquilo que se relaciona ao corpo, ao intuitivo, ao lúdico, ou mesmo à espiritualidade e à contemplação, são relegados a segundo plano.

Tais processos históricos repercutem na esfera da corporeidade, que passa a ser cada vez menos valorizada enquanto dimensão humana de potência, sabedoria e conhecimento. Ao contexto da modernidade interessam os corpos produtivos, úteis e dóceis, como constata Foucault (2010), identificando inúmeras estratégias ao longo de séculos de subjetivação, para que as pessoas se tornem contidas, organizadas, civilizadas e aptas ao trabalho da forma como o capitalismo exige. Muitos foram os custos desse processo, como identificam as pesquisas de Haroche (2008), que traçam uma arqueologia dos modos de sentir e de se comportar no ocidente, desde o século XVI. O surgimento da Psicanálise, a partir dos estudos de Freud [1856 – 1939] sobre o fenômeno da histeria e as diferentes formas de adoecimento que surgiram ao longo do século XX, indicam que corpo, psiquismo e contexto social estão imbricados e precisam ser considerados em conjunto. Atualmente, novas formas de adoecimento psíquico continuam surgindo, enquanto novas configurações sociais repercutem nos corpos, que expressam de diferentes maneiras as acelerações, formatações e cisões contemporâneas.

As mudanças espaciais também interferem nesse processo e a vida nas grandes cidades imprime mais velocidade e compartimentalização às pessoas, em diferentes partes do planeta. No lugar de caminhar, os indivíduos se movimentam em veículos, sem que sintam a interferência da paisagem sobre seus corpos, na forma de temperatura, cores e texturas. Além disso, os indivíduos interagem menos com os demais, fazendo parte do fenômeno da massificação, que repercute na vivência de solidão em meio à multidão, encontrando-se anonimamente em transportes ou no cotidiano do trabalho.

Como afirma Walter Benjamin (1989), o progresso pode ser um processo violento sobre as pessoas, deixando-as sem ancoragem, referências sociais e distantes do exercício da artesania em seu cotidiano. Há uma atrofia das habilidades manuais, como plantar, costurar, cozinhar ou desenhar à mão, reduzindo até mesmo atividades como o brincar na infância, em prol da busca de conhecimentos instrumentais, os quais se iniciam cada vez mais cedo, tendo como horizonte a produtividade no mercado de trabalho.

Em meio a todos esses atravessamentos, chegamos ao século XXI, com um discurso que, supostamente, acolhe a dimensão corporal, integrando-a ao cotidiano. Testemunhamos uma espécie de "culto" ao corpo e à imagem que, no entanto, não expressa uma valorização da corporeidade em sua diversidade multifacetada, mas acaba servindo ao controle, nas formas do poder disciplinar e do biopoder, através das práticas científicas e hegemônicas instauradas na sociedade (FOUCAULT, 2010). Normas de higiene, saúde, medicalização da vida, exercícios físicos e desempenho sexual aparecem como ações direcionadas a corpos que são continuamente fabricados e mostrados. Nesse processo, o corpo se torna um produto, repetindo a lógica da utilidade e produtividade da modernidade, agregada ao hedonismo e consumismo contemporâneos, que incentivam as pessoas a colecionarem sensações para que se sintam vivas. No entanto, o corpo vivo, pulsante, afetado pelo mundo circundante e vivido como singularidade, continua abafado, oprimido e restrito em suas possibilidades de expressão.

Apesar de tantos discursos e intervenções sobre a corporeidade, tanto no âmbito da sexualidade, da estética, quanto do esporte e da saúde em geral, permanece para a

Psicologia, a necessidade de repensar o corpo e seus atravessamentos. Para isso, são fundamentais as contribuições da Sociologia e da Filosofia na busca de aportes para superar a lógica positivista e dicotômica do pensamento predominante na contemporaneidade. É preciso dar um passo atrás e perguntar: Afinal, o que é o corpo? Quais as suas características mais essenciais e originárias? Como o psiquismo e os sentimentos se entrelaçam à corporeidade e ao acontecer no mundo? Diante da exigência contemporânea de fluidez, empreendedorismo e reinvenção constantes, como fica a dimensão corporal enquanto concretude, historicidade e unidade pessoal, que contribui para o reconhecimento de si?

O presente texto encara a proposta de abordar o corpo a partir da perspectiva fenomenológica, a qual surge justamente com a crítica de Husserl [1859 – 1938] à forma como a ciência pode reduzir as questões que atravessam o humano, buscando, assim, retomar as relações entre subjetividade, cultura e historicidade no mundo da vida. Ales Bello (2004) ressalta que a integração consciência-corporeidade, feita pelo criador da fenomenologia, aponta para a necessidade de se resgatar o corpo para os debates no campo da Psicologia, a qual acabou tratando-o como algo secundário. Privilegiando o psiquismo, tomou a matéria como se fosse apenas o invólucro do Eu – como em geral faz a tradição do pensamento ocidental.

A ênfase de Husserl (2012) na expressão *mundo da vida*, que aparece em sua fase mais madura, destaca a materialidade e historicidade como fundamentos esquecidos pelas ciências ao privilegiarem o raciocínio, os fatos e a busca de causalidade. Merleau-Ponty [1908 –1961], em suas análises, dá continuidade ao pensamento husserliano, desdobrando e aprofundando as implicações da corporeidade no processo de conhecimento de si e do mundo para questionar aquilo que nos parece mais evidente e que não é normalmente questionado. Perguntar o que é o corpo e que potencialidades e estruturas o constituem é fundamental para a prática em Psicologia, pois evidencia o chão no qual a experiência vivida se realiza. Sabendo que a aceleração e a fragmentação contemporâneas não favorecem essa empreitada, é importante buscar aportes teóricos que considerem os diversos fatores envolvidos na discussão do corpo, visto como fenômeno.

Nesse sentido, encontramos a obra de Edith Stein [1891 – 1942], que encara esses temas de forma original e metódica, contribuindo imensamente para a compreensão das dimensões que constituem a pessoa: corpo, psique e espírito. Por este motivo, o presente texto faz um esforço de aproximação da compreensão da filósofa sobre a corporeidade, os sentimentos e suas relações com a vitalidade, pensando-os a partir da psicologia existencial-fenomenológica. A conexão entre corpo e psiquismo, as motivações, a força vital e os sentimentos são temas que ampliam a compreensão de processos que ocorrem no âmbito da Psicologia Clínica, entre outros desdobramentos. Para isso, o percurso escolhido começa ressaltando algumas contribuições de Merleau-Ponty, seguido da discussão sobre as conceituações de Edith Stein, principalmente a partir da obra "Contribuições para uma Fundamentação Filosófica da Psicologia e das Ciências do Espírito", pulicada em 1922.

1. Um breve olhar sobre a estrutura humana a partir de Merleau-Ponty

Seguindo o caminho construído por Husserl, Merleau-Ponty (1975) busca demonstrar a insuficiência das respostas dadas pela Psicologia Experimental, do começo do século XX, ao problema do psiquismo. O ser humano é investigado em sua estrutura, culminando na explicitação do universo perceptivo, mostrando como o comportamento deveria ser compreendido enquanto existência pela via do pensamento dialético, rejeitando um suposto "comportamento-coisa", que refletiria a mera objetificação dos processos humanos. O filósofo confrontava um contexto de predomínio da racionalidade, no qual tudo o que se referia ao sensível era considerado falacioso, menos digno de confiança e fora do âmbito científico, a não ser aquilo que coubesse em estudos fisiológicos, neurológicos e experimentais. Por isso, ele criticava o fato de a Psicologia acabar fortemente atrelada ao pensamento hegemônico, atribuindo as causas dos fenômenos ao psíquico, à biologia, ou ao social, de forma unilateral.

Para Merleau-Ponty (1973), toda Psicologia deveria ser fenomenológica, trazendo em si, não apenas a dimensão empírica, mas também um *"esforço reflexivo, através do qual, no contato com nossa própria experiência, elaboramos noções fundamentais de que a psicologia se serve a cada momento"* (p.33). Ou seja, é necessário deslocar-se da atitude natural, que toma o mundo por óbvio e naturalizado, para questionar profundamente os objetos de interesse em nossos estudos, voltando às coisas mesmas, ao que é mais originário.

> Retornar às coisas mesmas, é voltar a esse mundo anterior ao conhecimento do qual o conhecimento sempre *fala*, e em relação ao qual toda determinação científica é abstrata, significativa e dependente, como a geografia em relação à paisagem – primeiramente nós apreendemos o que é uma floresta, um prado, ou um riacho (MERLEAU-PONTY, 1999, p. 4, grifos do autor).

No processo perceptivo, os dados da realidade são apreendidos como totalidades que se apresentam à pessoa.

Esta, simultaneamente, confere-lhes sentidos que partem de um movimento mútuo, o qual interage e se transforma. A proposta fenomenológica tem lugar no mundo concreto, inacabado e em devir, aprofundando as noções que utilizamos cotidianamente para explicá-lo. As divisões analíticas feitas pelo pensamento positivista não contemplam a complexidade do real e precisam ser sempre questionadas, tarefa que não é espontânea e, muitas vezes, recai na armadilha do condicionamento cientificista, mesmo em teorias que buscam escapar a este aprisionamento. Nesse sentido, Merleau-Ponty (1975) critica, por exemplo, a solução dada à percepção pela Teoria da Gestalt, dizendo que esta não resolveu o problema das relações entre alma e corpo, o qual deveria ser encarado com o rigor fenomenológico. Ao criticar teorias causais e explicativas, o filósofo afirma que [...] *"as reações de um organismo não são conjuntos de movimentos elementares, mas gestos dotados de uma unidade interior"* (p. 166). Essa unidade é a pessoa, a qual tem uma estrutura, uma forma com a qual se apresenta ao mundo, sendo um "ser intencional", que busca sentido sem seu acontecer diário, manifesto em sua história, por meio das experiências.

Merleau-Ponty (1999) retoma a facticidade do humano, pois a estrutura e o sentido do comportamento estão conectados à experiência. Dessa forma, rejeita tanto a objetivação pura e simples, quanto a idealização e a abstração, numa postura já trazida por Husserl (2012), ao colocar a fenomenologia fora do realismo e do idealismo. Trata-se de uma crítica à tendência em tomar o real como dado fixo e factual, bem como à noção de natureza.

> Eu não sou um "ser vivo" ou mesmo um "homem" ou mesmo "uma consciência", com todos os caracteres que a zoologia, a anatomia social ou a psicologia indutiva reconhecem a esses produtos da natureza ou

da história – eu sou a fonte absoluta; minha experiência não provém de meus antecedentes, de meu ambiente físico e social, ela caminha em direção a eles e os sustenta, pois sou eu quem faz ser para mim [...] essa tradição que escolho retomar, ou este horizonte cuja distância em relação a mim desmoronaria, visto que ela não lhe pertence como uma propriedade, se eu não estivesse lá para percorrê-la com o olhar (MERLEAU-PONTY, 1999, p.3).

O filósofo reitera que a doação de sentidos ao mundo faz parte da ancoragem da pessoa na existência, estando sempre situada. A intersubjetividade está atrelada à situação, a qual abarca um universo de interações e experiências, sendo o corpo uma espécie de ponto de encontro, o intermediário entre a percepção e o mundo. A cada objeto que vemos no mundo, na atitude natural, corresponde uma correlação na consciência, com conexões de sentido. Também na direção inversa, quando se produzem conexões na consciência, constroem-se objetividades.

Espacialidade, temporalidade e ritmo se conectam à singularidade e à intencionalidade, pois não somos produtos do meio, mas coprodutores de um sistema que ganha forma, a ser sempre retomado, analisado e transformado. A organização espacial em torno de cada pessoa se reflete como condicionamento, pois respondemos ao mundo dos objetos, em um processo semelhante ao que ocorre com as instituições, como evidenciam Berger e Luckmann (2017). Seguindo a perspectiva fenomenológica, tais sociólogos abordam a construção social da realidade, descrevendo o processo de institucionalização, no qual tomamos por óbvios e amalgamados certos fenômenos, que se naturalizam e passam a nos condicionar caso não sejam examinados de forma atenta, por meio de uma análise que evidencia suas esferas de ação e seus sentidos. Como os atos de perceber e interpretar muitas vezes acontecem juntos, somente o exercício deliberado de sair da atitude natural permite as distinções que produzem singularidade, no âmbito pessoal, e conhecimento, no âmbito social.

Nessa concepção, a opacidade sempre permanece existindo, pois é justamente rompendo a familiaridade com o mundo que este se revela como paradoxo e como algo estranho a nós. Este é o passo inicial do método fenomenológico para que haja uma investigação minuciosa sobre o objeto de estudo e ele possa ser conhecido. A filosofia de Merleau-Ponty indica, em seu conjunto, a importância do movimento, pois seria impossível permanecer em estado perene de abertura à alteridade, sendo a alternância entre abertura e fechamento parte da condição humana.

A noção de corpo vivo ou corpo fenomenal surge na obra de Merleau-Ponty (1975) para evidenciar que a estrutura humana passa pela consideração do corpo como fonte originária de todo o conhecimento. A análise do corpo vivo envolve atos que são intencionais, realizados a partir de uma estrutura que se apresenta como forma, ou seja, a configuração de um campo manifestada na existência – no tempo e no espaço.

> Digamos somente aqui que a percepção de um corpo vivo ou, como diremos doravante, de um 'corpo fenomenal', não é um mosaico de sensações visuais e tácteis quaisquer que, associadas à experiência interior dos desejos, das emoções, dos sentimentos, ou compreendidas como os sinais dessas atitudes psíquicas receberiam delas uma significação vital (MERLEAU-PONTY, 1975, p. 192).

Ao tratar da percepção do corpo vivo, o filósofo rejeita a ideia de fragmentos ou elementos justapostos que funcionam em cadeia, como um modelo fisiológico causal. A estrutura humana não é uma unidade substancial, mas um campo cujo corpo tem papel primordial. Este se constitui um campo de presença, o qual se mostra como unidade e opera uma síntese prática de si no mundo. Dessa forma, é, ao mesmo tempo, objetivo (sensível e tangível) e fenomenal (vidente e senciente), compondo uma totalidade que permite a experiência de si.

A linguagem usual, geralmente dicotômica, dificulta a captação do dinamismo dos fenômenos e acaba refletindo crenças que estão subjacentes às escolhas terminológicas. Essa questão tem uma importância ainda maior na contemporaneidade. Desde que o discurso da mudança e da fluidez adentrou a Psicologia, acompanhando a tendência contemporânea, falar em pessoa, autenticidade, ou na busca de um "si mesmo" tem gerado rejeições e polêmicas. Na concepção metafísica, ser um "eu autêntico" se equiparava a ser uniforme e imutável – conceitos ligados à busca de uma essência interior do indivíduo em oposição à sociedade que o corromperia, distraindo-o de si mesmo. Certamente, foi um avanço pensar na identidade como metamorfose, substituir a noção de personalidade pela de subjetividade e considerar o ser humano uma obra inacabada, em aberto. Entretanto, é preciso perguntar se a fluidez das novas noções ajuda no reconhecimento de um "eu" no mundo.

Como afirmam Sennett (2012) e Haroche (2008), alguma permanência precisa ser alcançada para que as pessoas se ancorem na vida cotidiana, pois a incerteza e a indefinição constantes não podem ser suportadas psiquicamente. Diante da exigência da sociedade contemporânea de pessoas cada vez mais flexíveis, Haroche (2008) relaciona este fenômeno à dispersão e ao desengajamento nos relacionamentos e na vida em geral, com sérias repercussões no âmbito psíquico. Afinal, as pessoas precisam sentir, avaliar, ordenar e criar narrativas, avançando e recuando em seus processos de significação.

O atual momento histórico solicita posturas teórico-metodológicas que evitem tanto o relativismo quando a fixidez, abordando a especificidade da constituição humana a partir de parâmetros sólidos. Nesse sentido, torna-se fundamental recorrer ao trabalho de Edith Stein, que aprofunda a noção de pessoa, clareando a relação entre corpo, psiquismo, sentimentos e vitalidade, seguindo o rigor do método fenomenológico. Ela consegue articular concretude e movimento, estruturação e devir, nomeando aspectos que trazem uma contribuição original ao campo.

2. Contribuições da fenomenologia de Edith Stein à Psicologia

2.1 A estrutura humana

Refletir de forma aprofundada sobre a dimensão da corporeidade no campo da Psicologia solicita reflexões sobre a especificidade ontológica do ser humano, pois não se pode compreender uma experiência ou intervir no âmbito psicológico sem questionar a fundo o que significa ser pessoa. Afinal, toda abordagem psicológica tem raízes em determinadas matrizes de pensamento, que configuram as noções utilizadas em seus aspectos teóricos e metodológicos.

Em semelhança ao que acontece com o pensamento de Husserl e de Merleau-Ponty, as elaborações de Edith Stein têm como pano de fundo o problema do psicologismo, que colocava os processos psíquicos como fundantes de todo o conhecimento, reduzindo a pessoa a essa esfera, buscando encontrar leis universais, replicadas no campo da subjetividade. Por isso, Stein (2005a) retoma a antiga questão, fortemente presente em sua época, da determinação ou indeterminação da vida psíquica, investigando inúmeros manuais e livros da área, criticando o fato de haver pouca profundidade e clareza na definição do que seria o âmbito psíquico. Sendo assim, em toda a sua obra, Stein (2005a) desenvolve um percurso cuidadoso para enfrentar a complexidade do tema, a busca por descrever "a essência da realidade psíquica e do espírito" (p. 212). Para isso, investiga detalhadamente as dimensões que constituem o humano, entre elas, a corporeidade.

Stein (2005a) compreende a pessoa como unidade singular, porém tripartida, composta por corpo, psique e espírito sempre articulados. A dimensão fisiológica se expressa na corporeidade, à qual todos estão materialmente atrelados enquanto viventes. É também a forma pela qual o ser se manifesta, apresentando-se externamente de forma singular entre os demais da mesma espécie. As sensações ocorrem no corpo, por meio dos sentidos, mas geram reações psíquicas de forma quase imediata. A dimensão psíquica, então, refere-se à forma como a pessoa vivencia sua existência no mundo, por meio de atos de reação pertencentes ao campo da afetividade e das emoções. A filósofa adverte que o âmbito psíquico é aquele das ressonâncias dos sentimentos, que podem, inclusive, ser percebidos como algo que vem "de fora". Nesse caso, as vivências aparecem como manifestações e podem gerar enganos, como converter em dados objetivos algo de teor subjetivo.

Para compreender a dinâmica do psiquismo, no processo que se dá entre sensações e atribuições de sentidos, é preciso considerar seu vínculo com a dimensão espiritual (STEIN, 2005b). A palavra espírito é usada na tradição filosófica para tratar de questões relativas às faculdades da razão e sua inserção na cultura, algo desenvolvido por pensadores como Arendt (2002), que descreve a "vida do espírito" como campo que abarca o pensamento, a vontade e o juízo. São atividades que se diferenciam daquelas relativas ao psiquismo, pois exigem o exercício de um posicionamento pessoal diante do que acontece por meio da reflexão e da decisão, exprimindo a possibilidade da liberdade, conferindo significados à realidade. O nível espiritual abarca, também, a dimensão de transcendência – estados meditativos, contemplativos ou místicos, que permeiam inúmeras manifestações culturais e que dialogam com o corpo e suas emoções. Nesse movimento, a pessoa pode buscar ultrapassar os limites do mundo sensível e relacionar-se com seres que situa em outra ordem, como deuses, espíritos, energias cósmicas, entre outros. Esses são caminhos que as pessoas encontram para significar sua existência, perguntando-se sobre o sentido último da vida ou a que esta se destina, dentro ou além do período que a abarca.

Segundo Stein (2005a), um ser que se constitui ao mesmo tempo como sensorial e espiritual é regido por leis duplas: causalidade e motivação. A primeira se refere às relações com a materialidade e as sensações daí decorrentes, enquanto a segunda está no âmbito da vontade e da liberdade, que se realizam em dadas condições, pautadas pela singularidade, ao se constituírem no mundo coletivamente construído. Toda pessoa, em sua complexidade, chega ao mundo como parte de um grupo, numa determinada comunidade, inserida em contextos mais amplos. A dimensão social expressa a condição inextirpável de ser com os outros num mundo previamente dado, porém continuamente construído, onde cada um contribui para a configuração da história humana, sendo constituído por ela por meio da herança que recebe de sua tradição cultural. *"A estrutura pessoal delimita um domínio de possibilidades de variação dentro do qual se pode desenvolver sua expressão real 'segundo as circunstâncias'"* (STEIN, 2005b,

p. 193). Sendo assim, é fundamental romper o pensamento dicotômico que entende o ser humano como um indivíduo isolado, pois pessoa e sociedade são um processo em permanente construção, sempre conectadas e interdependentes.

Por tudo isso, as dimensões do humano às quais Stein (2005a) se dedica, não podem ser concebidas de forma separada, como se fossem camadas justapostas. Trata-se de uma estrutura viva, com potencialidades que se realizam de forma dinâmica e imbricada, e não como substâncias coexistentes em um sistema. Nesse sentido, a separação feita pela filósofa tem uma função meramente didática, pois somos um todo, uma unidade corpo-psique-espírito. Romper a forma fragmentada predominante no pensamento ocidental é o desafio que precisamos encarar, lembrando que toda pessoa, em sua experiência tácita, se percebe como unidade no mundo. Para a filósofa, a pessoa é o sujeito de uma vida de consciência intencional, pois na medida em que se percebem os objetos do mundo, se sente e se valora em um fluxo contínuo.

2.2 Corporeidade, sensações e psiquismo

Como o foco do presente texto é a dimensão da corporeidade, daremos a esta maior atenção, explicitando as características do corpo humano para Edith Stein, que é um corpo vivo, expressão da vida anímica, e não um invólucro da mente. Nessa perspectiva, a corporeidade não separa matéria, intelecto e mundo, dentro e fora, pessoa e meio, pois tudo faz parte de um todo que se transforma mutuamente. Ou seja, corpo vivo não é um mero corpo físico, mas fenômeno. Como tal, não pode ser apreendido em transparência absoluta e linearidade, pois está em constante devir.

O corpo é o ponto zero pelo qual nos situamos no mundo e Stein (2005b) chama a atenção para sua permanência, sua insistência em dar-se a nós continuamente, sendo o objeto mais próximo que temos, algo inseparável, impossível de se ignorar. Ele é dado, não escolhido, apesar de poder ser adornado e modificado em certos aspectos, mostrando a facticidade do mundo, já que se impõe com traços genéticos, marcas ambientais, valores culturalmente herdados, que reverberam em interpretações e sensações. Aqui, caminhamos no território psicofísico, o qual segue indissociável do contexto histórico-social, como demonstram claramente as questões de gênero e as diferentes formas de expressão da sexualidade.

O corpo é uma evidência, mas, ao mesmo tempo, obscuridade. Ele mostra uma aparência singular ao mundo, porém oculta uma série de processos internos nos quais há movimentos voluntários e involuntários, permeados pela dialética entre controle e imprevisibilidade. O corpo é simultaneamente um meio, uma morada e uma fronteira, algo que nos conecta à concretude do mundo, sendo, ao mesmo tempo, limite e abertura, por meio da percepção. Esta possibilita a característica de impressionabilidade, frisada por Stein (2005b) como algo próprio do corpo vivo, que consiste na capacidade de ter sensações.

Cores, temperatura, sons, configuração espacial, tudo chega à pessoa a partir de sentidos que captam o mundo, constantemente afetados pelo que acontece. O clima, os alimentos, a arquitetura urbana, a amplidão e os sons de paisagens abertas, a disposição dos móveis e as cores em uma casa afetam a forma como cada um vive em seus contextos, cuja apreensão, construção e transformação dão-se pela via do corpo. Impactar-se com o mundo ao redor e responder a ele é uma capacidade inerente a todos os seres humanos, porém a que fenômenos reagem, o conteúdo e o modo dessas reações serão diferentes para cada um. Para a filósofa, existe uma estrutura comum que permite dialogar sobre as vivências e compreendê-las, embora os conteúdos sejam singulares. Tal estrutura revela a essência universal desse corpo vivo, o qual se constitui historicamente num dado contexto, mas abarca uma série de processos fisiológicos que alicerçam o desenvolvimento, culminando, inevitavelmente, na extinção de sua energia vital, findando sua existência.

Em suas análises, Stein (2005b) busca distinguir os processos que perpassam essa estrutura dinâmica – o corpo vivo – e aponta uma posição híbrida entre as sensações e os sentimentos, ressaltando algo que todos nós podemos constatar: enquanto uma sensação tem um caráter pontual, como a dor, por exemplo, a languidez ou desvitalização podem atingir o corpo como uma totalidade, em todos os seus membros. Da mesma forma, experimentar um determinado sabor pode provocar uma sensação de bem-estar ampla, e, como outras vivências, pode se agregar a sentidos que repercutem em uma gama renovada de vitalidade. Desenvolvendo análises desse tipo, Stein (2005a) ressalta que há uma fusão entre sensações e sentimentos, que repercutem na vitalidade do "eu", remontando ao contexto cultural, aos valores propagados pela família e à própria sensibilidade da pessoa. Nesse sentido, a corporeidade está vinculada à vida psíquica, que faz parte de seu processo de desenvolvimento. A dimensão espiritual também atravessa o corpo vivo, para que a vontade se exerça e a corporeidade seja impulsionada em direção a certas ações, como atitudes de autocuidado, por exemplo. A todo sentimento corresponde um estado de ânimo, que se propaga por todo o "eu" e sua sucessão acarreta diferentes vivências, as quais fazem parte da construção da personalidade da pessoa. Todo sentimento tem um objeto, algo que o provoca, que o mobiliza, evidenciando que a vida psíquica se expressa na corporeidade e, por isso, se pode captar o estado de uma pessoa também através de sua expressão corporal. Stein (2005a) conclui que corpo e psique se constituem a partir de uma unidade dual, sendo impossível conceber o corpo vivo sem que esteja atravessado pelo psíquico. Dessa forma, o corpo mantém uma dupla caracterização: uma dependência da esfera material e uma relação constante com o psiquismo, que o anima por meio de uma energia vital, manifestando-se em uma corporeidade singular.

Segundo Stein (2005a), a energia vital se divide entre sentimentos e estados vitais, utilizados por ela como praticamente sinônimos, podendo ter raízes sensíveis (na corporeidade e no psiquismo) ou espirituais (na motivação e na vontade). Para além dos sentimentos que se modificam, a filósofa identifica uma energia vital permanente, que anima o ser como um todo, a qual está relacionada a qualidades psíquicas individuais e circunstanciais. O debate sobre forças e energias que animam a pessoa é bastante antigo e permeia a história da Filosofia, chegando à Psicologia, como demonstra Merleau-Ponty (1975) ao refletir sobre o posicionamento de Freud na psicanálise. Ressalta que *"a doutrina de Freud aplica à consciência metáforas energéticas e dá conta da conduta por interações de forças ou de tendências"* (p. 30). Sendo assim, podemos identificar diferentes olhares para a compreensão da vitalidade individual e suas relações com o psiquismo, dependendo da tradição de pensamento. Edith Stein tem um particular interesse por essas questões e suas relações com o âmbito da Psicologia.

3. Sentimentos vitais e reverberações na prática em Psicologia Clínica

A corporeidade é a sede das sensações, o ponto de partida das vivências. De acordo com Stein (2005a), há uma distinção entre sensações, sentimentos e experiências, a qual se relaciona ao grau de consciência que a pessoa tem daquilo que está vivenciando. Para que haja elaboração, é preciso um processo de reconhecimento das afetações e suas conexões de sentido, como ressalta Mahfoud (2012) no campo da Psicologia. Stein (2005b) fornece as bases para entender este processo, afirmando que, assim como os atos de percepção se constituem ligados ao corpo físico, os sentimentos se conectam ao mundo dos valores. Isso se confirma na prática em psicoterapia: quando uma pessoa vivencia sentimentos de forte intensidade, geralmente estão ligados a valores caros a ela, os quais ainda não foram trazidos à consciência de forma elaborada, mas como indícios. Na medida em que as relações de sentido se tornam mais explícitas, estas dialogam e se integram à experiência, revelando conexões num movimento que acaba por fortalecer a singularidade. Os desdobramentos do processo psicoterápico na prática clínica confirmam o que Edith Stein aponta: a realidade psíquica possibilita que o nível espiritual, que abarca valores e juízos, se faça presente no corpo vivo, mostrando a indissociabilidade de uma unidade corpo-psique-espírito.

> Essa dependência dos influxos do corpo vivo própria das vivências é uma característica essencial do anímico. Todo o psíquico é consciência corporalmente ligada e nesse terreno se distinguem as vivências essencialmente psíquicas (as sensações corporalmente ligadas, etc.) daquelas que levam em si, extra-essencialmente, o caráter físico das "realizações" da vida espiritual (STEIN, 2005b, p.130. Tradução nossa).

As vivências têm uma relação visceral com o corpo, mas também com o âmbito espiritual, na medida em que não existe um vivido puro, mas um fluxo constante de intencionalidade e significações. Como exemplo dessas conexões, podemos pensar que um estado de extrema tensão pode não ser percebido como tal até que tenha passado, permitindo que a pessoa esteja em ação, mas sem que ela perceba a si mesma claramente nesse processo. A partir da fenomenologia steiniana, pode-se considerar que, nesses casos, não há uma experiência completa, pois para que isso ocorra é necessário um movimento reflexivo de autopercepção e valoração daquilo que se vive. No entanto, a motivação para que a pessoa se mantenha agindo pode ser proveniente de valores construídos em sua bagagem existencial.

Nesse sentido, uma sensação corporal de dor ou o paladar de certa refeição se agregam a sentimentos de prazer, gratidão, alegria, indignação, entre outros, que são ponte entre o nível psíquico e o espiritual. São processos que demonstram como valores difundidos socialmente interferem na forma como as pessoas sentem, individualmente, situações que as acometem no cotidiano. A não aceitação do adoecimento como parte da existência, por exemplo, permeia o pensamento utilitarista ocidental, repercutindo negativamente nas estratégias de autocuidado e acolhimento de si. Na prática clínica em Psicologia, algumas pessoas demonstram essa questão, amplificando dores, ressentindo a perda temporária da produtividade e, dessa forma, reduzindo sua energia vital, prostrando-se ainda mais diante da situação fisiológica que vivenciam.

Geralmente, nas psicoterapias, almeja-se um caminho de reconstrução de sentidos pelo uso da razão. É importante ressaltar que a definição de razão, nessa perspectiva, abarca afetividade, abertura e capacidade de reflexão – não apenas a racionalidade, como ficou consolidada no pensamento moderno. A razão é atravessada por afetos e por estados de ânimo que Stein (2005a) compreende como "colorações", sendo algo distinto das sensações, pois não são passíveis de localização no corpo. Não são meramente corporais, mas vividos pelo "eu" como um todo. Podemos refletir sobre diferentes fenômenos a partir dessas considerações, as quais revelam a complexidade dos estados afetivos e sua relação com o entorno e a energia vital.

Em suas investigações, Stein (2005a) propõe que se avalie a profundidade, o raio de ação e a durabilidade dos sentimentos no âmbito da singularidade. Na prática clínica de orientação fenomenológica, que não toma sentimentos e sensações como naturais e genéricos, tais distinções são fundamentais para compreender o modo como a pessoa vive e elabora naquele momento. Na existência concreta, que oferece pluralidades e paradoxos, produzindo diferentes intensidades de sentimento, uma pessoa pode não ter a força psíquica suficiente para suportar uma situação, sucumbindo na forma de uma patologia. Na investigação de estados depressivos ou bipolares, as intensidades e a duração dos sentimentos são um diferencial importante na busca de uma compreensão diagnóstica. Sabe-se que, na depressão, o mundo adquire peso e temporalidade próprios, com perda de cores e de vivacidade. As constatações e exemplos de Edith Stein podem ser colocados em diálogo com a psicopatologia fenomenológica contemporânea, como a desenvolvida por Teresa Ferla (2011), em hospitais italianos. Na prática desta médica e de sua equipe, a indissociabilidade corpo-psique-espírito se mostra em diversos estudos de caso. No aporte fenomenológico ao tratamento e acompanhamento, coloca-se a necessidade de distinguir cada dimensão para melhor compreender a pessoa, seu modo de estar no mundo e os impactos vividos em seu corpo e em seu psiquismo.

As articulações mencionadas ocorrem também no cotidiano, por meio de vivências como o cansaço, que foi abordado por Stein (2005a) como um estado psicofísico, o qual pode impedir que a pessoa experimente alegria em uma situação que normalmente a afetaria dessa forma. A filósofa traz o exemplo de uma pessoa que chega a uma praia bela e ensolarada, mas não consegue se sentir bem por estar excessivamente cansada. E sabe, por experiência anterior, que se sentirá melhor na medida em que se deixar afetar pela paisagem e começar a descansar. Há uma dialética contínua entre contexto e subjetividade, entre percepções, sentimentos e sentidos. Como exemplo dessa relação, podemos citar os diários de Simone Weil (1979), nos quais retrata o embotamento de sua capacidade de pensar quando desenvolvia por horas a fio o trabalho simplificado e repetitivo da fábrica. Em seus diários, ela exprimia certo espanto em momentos de cansaço extremo, que a obrigavam a buscar novos sentidos em seu cotidiano *"embora o esgotamento extinga a consciência da própria faculdade de pensar"* (WEIL, 1979, p.88). Ao mesmo tempo, ela encontrava a renovação de suas forças no contato com alguns dos trabalhadores que a rodeavam, relatando a beleza de certos encontros fortuitos e pequenas atitudes cúmplices no decorrer da jornada de trabalho. A conexão entre corporeidade, esfera espiritual e psiquismo é clara nesse relato: seja qual for a origem de uma mudança no estado vital, ela repercute corporalmente na forma de um afluxo corporal de cansaço ou vitalidade, que atinge a pessoa como um todo.

Quando lemos os diários de Simone Weil, identificamos uma experiência de cansaço que leva à desvitalização e sensação de atrofia da capacidade de pensar pelo excesso de trabalho. Por outro lado, ela também relata um afluxo de energia quando vivenciava uma troca sincera de olhares com uma companheira de fábrica, quando era ajudada por algum veterano a operar uma máquina, ou quando buscava sentido na dimensão espiritual, enxergando além da concretude árdua do esforço necessário ao seu sustento material. No entanto, Stein (2005a) afirma que: *"Eventualmente, o frescor espiritual gerado por influência do exterior pode encobrir unicamente um cansaço corpóreo-sensível e nos enganar, assim, acerca do verdadeiro estado da energia vital sensível"* (p. 295). Por isso, o cuidar de si tem camadas complexas, sendo algo a que a Psicologia Fenomenológica se dedica na prática clínica. Isso repercute na consciência crítica de que certas formas de divisão do trabalho e organização social são em si adoecedoras, por mais que a pessoa seja motivada, afetivamente implicada e atribua sentidos ao seu fazer. Pensar que certa disposição de consciência pode resolver todos os conflitos e trazer um bem-estar permanente em uma sociedade com problemas concretos como a nossa, seria incorrer no erro do idealismo, hoje embutido em práticas de *coaching* e programação mental que se julgam capazes de projetar e construir um mundo funcional a partir do desejo e esforço do próprio sujeito. São perspectivas permeadas pelo pensamento racionalista, individualista e meritocrático que vão na contramão do pensamento fenomenológico.

Por outro lado, a experiência singular pode transformar situações, pois a energia vital das pessoas varia de acordo com as interações entre seu estado interno e o contexto no qual se encontram. Sabe-se, por exemplo, que uma pessoa com privação de sono pode desenvolver vários sintomas, como irritabilidade, dificuldade de concentração e redução da imunidade, entre outras consequências. Mas uma mãe com o filho doente é capaz de cuidar da criança, estar com ela no hospital e se desdobrar em cuidados, com uma quantidade mínima de sono, mantendo-se alerta e ativa mesmo por longos períodos. Situação semelhante pode ser observada em pessoas em situações extremas, como a que ocorreu devido ao recente rompimento da barragem de rejeitos de mineração, em Brumadinho, MG[1]. Bombeiros e voluntários trabalharam horas a fio, com imenso esforço físico, na tentativa de encontrar corpos ou sobreviventes. Da mesma forma, em muitas situações de terremotos ou desabamentos, ocorrem casos de pessoas que sobreviveram sem água ou alimento por dias, à espera de um resgate. Todos esses exemplos demonstram que a força e a energia das pessoas não estão relacionadas apenas aos seus aspectos fisiológicos, apesar de sabermos o papel dos hormônios e neurotransmissores nesse processo. O sentido que se atribui às experiências vividas tem um papel importante na motivação e no fluxo de energia que ativará corpo e psiquismo rumo ao desempenho de uma ação. Certamente, haverá consequências após o término da situação estressante, mas estas poderão ser cuidadas e ressignificadas se estiverem em contextos relacionais.

Na prática clínica, observamos que a intensidade dos sentimentos está ligada a valores que possibilitam a motivação. Por meio dos estudos sobre a energia vital, Stein (2005a) desenvolve uma fenomenologia da expressão, da motivação e da vontade que reforça o caminho do psicoterapeuta ao explorar crenças, valores e orientações existenciais da pessoa no mundo. A filósofa contribui para o entendimento de que, se um motivo não é vivo, não mobiliza psiquismo e corporeidade em sua direção.

Só algo com vitalidade real se transformará em ação; do contrário, será mero conhecimento racional de algo.

---

[1] No dia 25 de janeiro de 2019, uma barragem de rejeitos de mineração da Companhia Vale do Rio Doce rompeu-se no município de Brumadinho, em Minas Gerais, matando cerca de 300 pessoas e configurando um grande desastre ambiental. Em março deste ano, 217 mortos e 87 desaparecidos haviam sido confirmados.

Por isso, vale refletir sobre a dimensão do *insight* na elaboração em psicoterapia: se ele for só intelectual, produz conhecimento, mas não mudanças. Uma constatação ou descoberta no âmbito psicoterapêutico precisa acontecer também nos níveis psíquico e corporal, sendo vivido de forma visceral, atravessando a pessoa em sua sensibilidade. Por isso, programas motivacionais, livros de autoajuda, cursos de empreendedorismo são capazes de gerar desejos, movimentando uma energia inicial, mas que, na maioria das pessoas, não se transforma em motor para ações concretas, dispersando no meio do caminho. A Psicologia Clínica de base fenomenológica trabalha na direção de desvelar sentidos, valores e motivações existenciais, para que a força da pessoa se coloque em movimento naquilo que corresponde ao seu modo singular de estar no mundo. Em uma cultura com excesso de estímulos, fragmentária e dispersiva, esse trabalho é essencial e mostra-se como um desafio constante.

4. Considerações finais

Um século nos separa do contexto em que Edith Stein iniciou suas investigações e faz-se necessário colocar suas constatações sobre a estrutura humana em diálogo com as modificações profundas sofridas na sociedade ocidental no âmbito do trabalho, da tecnologia, da política e da economia. Estas repercutem profundamente nas subjetividades, levando à constatação de que a Psicologia não pode se constituir apenas como análise do psíquico, apesar de esta ser a dimensão de entrada da atuação do psicólogo. Por isso, em seu exercício teórico-prático, este campo do saber precisa retomar constantemente a complexidade da definição de ser humano, que está sempre em devir.

Edith Stein se preocupa em explicitar o lugar epistemológico das ciências humanas (as chamadas ciências do espírito), principalmente a Psicologia, entendendo que apenas após tal distinção, a discussão pode avançar na definição do campo de atuação. Merleau-Ponty também segue na esteira de um caminho que parte da proposta de Husserl para escapar do ceticismo e do relativismo, buscando bases sobre as quais se possa afirmar o fundamento do humano. Essa tarefa não pode sacrificar a experiência e as contingências, pois todo saber é situado, já que o contexto social existe como um campo permanente, consistindo em uma solicitação, antes mesmo da tomada de consciência em relação ao mundo.

As contribuições de Edith Stein sobre corporeidade, sensações e sentimentos vitais interessam à Psicologia Clínica de base fenomenológica, pois formam uma antropologia, ligada a preocupações epistemológicas, traçando as raízes de métodos e práticas à luz de uma reflexão filosófica. Sua fenomenologia quer superar visões que montam uma espécie de mosaico do ser humano, pois não basta concebê-lo como ser bio-psico-social-espiritual, mas entender como se articula. Para a filósofa, isso se dá a partir de um "eu" que se constitui no mundo, com o mundo, em primeira pessoa. No entanto, essa afirmação não recai no subjetivismo, pois falar na existência do "eu" não significa concebê-lo isoladamente, como um indivíduo encapsulado, fixo e imutável. Afinal, o ser humano está imbricado no mundo biológico, em emoções e afetos, sendo um animal que reage e sente; mas também se situa no mundo sociocultural que constrói a partir do que lhe é dado quando nasce em determinada cultura. Nessa dinâmica, a corporeidade é entendida como sinalizador e mediador entre pessoa e mundo, sentimentos e elaborações, consistindo em um aspecto fundante do ser.

Este texto se constituiu como um esforço de aproximação do pensamento de Edith Stein, evidenciando alguns de seus conceitos, relativos à corporeidade e ao psiquismo. Diante da complexidade dessas questões, que transitam na interdisciplinaridade, não se buscou aqui dar respostas ou categorias estanques, porém refletir sobre as colocações da filósofa, pensando na prática em Psicologia Clínica de cunho existencial-fenomenológico. Entretanto, vale lembrar que este campo é vasto e outras propostas clínicas dentro das abordagens existenciais concebem o ser humano a partir de outros olhares, de acordo com a singularidade de cada pensador e suas articulações.

Referências

ALES BELLO, A. *Fenomenologia e ciências humanas*. Edição e tradução de Miguel Mahfoud e Marina Massimi. Bauru: EDUSC, 2004. 330 p.

ARENDT, H. *A vida do espírito*: o pensar, o querer, o julgar. Tradução de Antônio Abranches, Cesar Augusto R. de Almeida e Helena Martins. 5 ed. Rio de Janeiro: Relume Dumará, 2002. 392 p.

BENJAMIN, W. *A Modernidade*. In: BENJAMIN, W. *Charles Baudelaire, um lírico no auge no capitalismo*. Tradução de José Carlos Marins Barbosa e Hemerson Alves Baptista. São Paulo: Brasiliense, 1989. p. 67-101.

BERGER, P. L.; LUCKMANN, T. *A construção social da realidade*: tratado de sociologia do conhecimento. Tradução de Floriano de Souza Fernandes. Petrópolis: Vozes, 2017. 239 p.

FERLA T. *O homem da morte impossível e outras histórias*: psicopatologia fenomenológica. Tradução de Guilherme Wykrota Tostes. Belo Horizonte: Artesã, 2011. 140 p.

FIGUEIREDO, L. C. M. *A invenção do psicológico*: quatro séculos de subjetivação (1500-1900). São Paulo: Escuta, 2007. 173 p.

FOUCAULT, M. *Microfísica do poder.* Tradução de Roberto Machado. Rio de Janeiro: Edições Graal, 2010. 295 p.

HAROCHE. C. *A condição sensível:* formas e maneiras de sentir no ocidente. Tradução de Jacy Alves de Seixas e Vera Avellar Ribeiro. Rio de Janeiro: Contra Capa, 2008. 240 p.

HUSSERL, E. *A crise das ciências europeias e a fenomenologia transcendental.* Tradução de Diogo Falcão Ferrer. Rio de Janeiro: Forense Universitária, 2012. 436 p.

MERLEAU-PONTY, M. *Fenomenologia da percepção.* 2a ed. Tradução de Carlos Alberto Ribeiro de Moura. São Paulo: Martins Fontes, 1999. 662 p.

MERLEAU-PONTY, M *Ciências do homem e fenomenologia.* Tradução de Salma Tannus Muchail. São Paulo: Saraiva, 1973. 77p.

MERLEAU-PONTY, M. *A estrutura do comportamento.* Tradução de José de Anchieta Corrêa. Belo Horizonte: Interlivros, 1975. 259 p.

MAHFOUD, M. *Experiência Elementar em Psicologia:* aprendendo a reconhecer. Brasília: Universa; Belo Horizonte: Artesã, 2012. 247 p.

MARCUSE, H. *A ideologia da sociedade industrial.* Tradução de Giasone Rebuá. Rio de Janeiro: Zahar, 1973. 238 p.

SENNETT, R. *A corrosão do caráter.* Tradução de Marcos Santarrita. Rio de Janeiro: Best Bolso, 2012. 190 p.

STEIN, E. Contribuciones a la fundamentación filosófica de la psicología y de las ciencias del espíritu. In: STEIN, E. *Obras Completas, v. II: escritos filosóficos:* Etapa Fenomenológica: 1915-1920. Tradução de C. R. Garrido e J. L. Bono. Burgos, Espanha: Monte Carmelo, 2005a. p. 206-520.

STEIN, E. Sobre el problema de la empatía. In: E. Stein. *Obras Completas, v II: Escritos Filosóficos* – Etapa Fenomenológica: 1915-1920. Tradução de C. R. Garrido e J. L. Bono. Burgos, Espanha: Editorial Monte Carmelo, 2005b. p. 55-203.

WEIL, S. *A condição operaria e outros estudos sobre a opressão.* Tradução de Ecléa Bosi. Rio de Janeiro: Paz e Terra, 1979. 469 p.

CAPÍTULO III

O conceito de força vital na obra de Edith Stein:
a potência que assegura o viver

Maria Inês Castanha de Queiroz
Ursula Anne Matthias

> *Para ser grande, sê inteiro: nada*
> *Teu exagera ou exclui.*
> *Sê todo em cada coisa. Põe quanto és*
> *No mínimo que fazes.*
> *Assim em cada lago a lua toda*
> *Brilha, porque alta vive.*
> Fragmento de *Odes* de Ricardo Reis
> (PESSOA, 1990, p. 289)

Força vital, *Lebenskraft*

A força vital (*Lebenskraft*), tal como descrita e definida por Edith Stein (1891-1942), apresenta-se de modo geral como a potência ativa da alma que assegura o viver e que pode ser reconhecida por meio das vivências, tanto individuais como comunitárias, no *mundo-da-vida* (*Lebenswelt*)[1].

---

[1] *Lebenswelt*, o *mundo-da-vida*: termo criado por Edmund Husserl referindo-se ao mundo pré-científico, nível no qual acontecem as vivências que abrem diversas possibilidades de conhecimento.

Ao explorar o conceito steiniano de força vital, pretendemos esclarecer os seus fundamentos e os modos possíveis de reconhecê-lo nas perspectivas corpórea, psíquica e espiritual, manifestadas em unidade no fluxo das vivências. Seguindo o método fenomenológico, Stein (2010b) descreve as sensações de cansaço ou de vigor em uma caminhada ou numa exigente produção intelectual. Acompanhando suas descrições, podemos não apenas identificar o fenômeno da força vital, mas também ampliar sua compreensão, e ainda, desenvolver e refinar a própria atividade de percepção.

A noção de força vital, *Lebenskraf*, elaborada desde seus primeiros escritos, aparece em diversas obras e conferências de Edith Stein. Como eixo de nossa abordagem sobre a força vital, destacamos sua antropologia filosófica que sintetiza a visão de unidade do ser humano: *Der Aufbau der Menschlichen Person* (A constituição da pessoa humana. Tradução nossa) escrita em 1932-33 (STEIN, 2010b). Também ressaltamos *O problema da empatia* (STEIN, 2016b), sua tese de doutorado de 1916, as *Contribuições para a fundamentação filosófica da Psicologia e das Ciências do Espírito* (STEIN, 2010a), escrita em 1919 e publicada em 1922, a *Introdução à Filosofia* (STEIN, 2015), escrita entre 1917 e 1920, *Potência e Ato: estudos sobre uma Filosofia do Ser* (STEIN, 2005), elaborada em 1930-1931 e *Ser Finito e Ser Eterno: ensaio de uma ascensão ao sentido do ser* (STEIN, 2016a), considerada sua obra-prima e elaborada entre 1934 e 1936, porém só publicada após sua morte.

A base experiencial do conceito de força vital

O material intuitivo de que parte Edith Stein para descrever a força vital foi, como não podia deixar de ser, a experiência humana, tanto sua como alheia, e, especificamente, a experiência de aumento ou diminuição da vitalidade. Como afirma Christoph Betschart (2017), foram as experiências de Stein (de natureza existencial, teológica, psicológica e filosófica) que permitiram elaborar esse conceito.

Da perspectiva existencial, reconhecemos a pessoa da filósofa nas palavras de vivacidade ou de cansaço. Com efeito, a inter-relação de aspectos corporais, afetivos, psicológicos e espirituais (por exemplo, em seu cansaço com os estudos e na forma de superá-lo) foi o insumo de sua análise. Da perspectiva teológica, a conversão de Edith Stein ao catolicismo, em 1922, representou uma nova fonte de pesquisa: mesmo zelando pela singularidade da experiência religiosa e pela sua não redutibilidade a simples categorias racionais, em suas análises filosóficas, alcançou grande consistência, concentrando-se, por exemplo, nas relações entre liberdade e graça (STEIN, 2014).

Da perspectiva filosófica, Edith Stein experimentou em sua própria história de vida (e não apenas em especulações abstratas) o impacto formativo das ideias. Por diversas vezes, ela retrata tal experiência, mas uma das suas narrativas mais impactantes refere-se à decepção por ela vivida quando era estudante de Psicologia: além de não ver coerência entre a vida realmente experimentada e as explicações dadas pela Psicologia positivista-mecanicista, Edith Stein notava a quase total falta de esclarecimento para os conceitos empregados por esta própria ciência. Foi nesse momento que decidiu mudar o rumo de seus estudos (aliás, o rumo total de sua vida), passando a estudar Filosofia com Edmund Husserl (1859-1938).

Da perspectiva psicológica, fica explícito, ao longo da obra de Edith Stein, o modo como ela foi formada por sua sensibilidade refinada e atenção lúcida. Em sua narrativa autobiográfica (STEIN, 2018)[2], acompanhamos a intensidade do impacto por ela recebido pela vida em família, com seus

[2] Cf. Cap. V, VII e X.

valores, o respeito pela tradição judaica, mesmo tendo se convertido ao catolicismo, a vinculação com toda forma de vida e com o sagrado, com os renovadores movimentos artísticos, comunitários, religiosos e intelectuais que iluminaram a escuridão da Europa às vésperas das catástrofes das duas grandes guerras mundiais e que clamavam pelo despertar de um novo sentido de espiritualidade (GERL-FALKOVITZ, 2016), o pioneirismo como mulher na universidade e na produção escrita, a riqueza na interlocução com grandes pensadores e na atuação como voluntária na Cruz Vermelha na I Guerra Mundial, no acompanhamento dos avanços da ciência, em contraposição à constatação da perda dos valores e do cuidado com o humano, o sofrimento com as convulsões político-sociais da Europa e os violentos impactos do nazismo no cotidiano do seu povo e em sua vida.

A ênfase de Edith Stein na narrativa, de tão variadas experiências, confirma o descontentamento por ela experimentado no início de seus estudos universitários, principalmente com a Psicologia, pois além desta ciência conduzir-se, à época, por métodos positivo-experimentais, sem esclarecer os conceitos utilizados, ainda não abordava o ser humano vivo, em movimento e em interação com o mundo, mas o reduzia a um ser mecânico de comportamentos previsíveis. Ao decidir deixar a Psicologia, para estudar Filosofia, Edith Stein não fazia mais do que dar corpo à convicção nascida de sua mais autêntica experiência: *"Se queremos saber o que é o ser humano, temos de nos pôr do modo mais vivo possível na situação na qual experimentamos a existência humana, quer dizer, o que dela experimentamos em nós mesmos e em nossos encontros com outros seres humanos"*.[3] (Tradução nossa) (STEIN, 2010b, p.

---

[3] *"Wenn wir wissen wollen, was der Mensch ist, so müssen wir uns möglichst lebending in die Situation versetzen, in der wir menschliches Dasein erfahren: d. h.*

28-29). A propósito, seu mestre Husserl e, Franz Brentano (1838-1917), mestre de Husserl, denunciavam a visão reducionista do psicologismo e trabalhavam para que as ciências relacionadas ao ser humano pudessem realmente estudá-lo com rigor científico.

Em continuidade ao modo como Husserl descreveu a subjetividade mediante o conceito de alma, é que Edith Stein lançará luz sobre a experiência da força vital e conseguirá elevá-la à clareza conceitual. Com efeito, a força vital aparecerá para a filósofa como a força própria da alma, podendo ser também chamada de *força anímica*:

> Grande sofrimento e grande felicidade são vivenciados nas profundezas da alma. Invadem e sacodem o nosso interior. Se a alma permanece calma e firme em si mesma (embora ela não permaneça "insensível", mas vive ambos os estados em toda a sua profundidade), então, ela demonstra que em seu interior possui algo que lhe permite aguentar o que lhe atinge: isto é chamado de "força anímica".[4] (Tradução nossa) (STEIN, 2010b, p. 129).

Em sua descrição da experiência humana, Edith Stein chama de alma aquele que seria o *"centro da existência humana"*[5] (STEIN, 2010b, p. 128). Enquanto a Psicologia empirista-mecanicista rejeitava a noção de alma por considerá-la

---

das, was wir in uns selbst erfahren, und das, was wir in der Begegnung mit andern Menschen erfahren".

[4] "Großes Leid und großes Glück werden in der Tiefe der Seele erlebt. Sie sind etwas, was das Innere ergreift und daran rüttelt. Wenn sie darin ruhig und fest bleibt (obwohl sie nicht etwa 'unempfindlich' bleibt, sondern beides in seiner ganzen Tiefe durchlebt), dann beweist sie, daß sie in ihrem Innersten etwas hat, was es ihr möglich macht, allem, was 'über sie kommt', standzuhalten: Eben das nennt man 'seelische Kraft'".

[5] "Seele als Zentrum des menschlichen Daseins".

negativamente relacionada à Metafísica, Husserl não via problema em resgatar a noção clássica de alma justamente como aquilo que dá unidade ao corpo e o move. Como dizia Aristóteles (2012, p. 79-80), *"a alma é causa e princípio do corpo que vive. [...] em vista de que parte este movimento, sendo ainda causa como substância dos corpos animados"*. Husserl, especificamente, usa

> alma ou *psyche* [...] como um centro consciente e fonte de atividade". [...] Nas Meditações Cartesianas § 54, Husserl fala da "vida da alma" individual (*Seelenleben*, ver também Meditações Cartesianas § 56). A alma é intimamente entrelaçada com um corpo vivido (*Leib*), e Husserl fala frequentemente de uma *unidade psicofísica*. [6] (Tradução nossa) (MORAN, COHEN, 2012, posição 6424).

Mas, o uso da noção de alma é mais amplo do que apenas falar da alma humana. Edith Stein se serve desta noção para designar a vida de todos os seres vivos, tal como propunha a definição aristotélica já citada. Assim, a noção de alma, segundo o uso de Edith Stein, poderá designar o princípio gerador que assegura vida a tudo o que é vivo (para este sentido ela emprega o termo *Seele*), como também a dimensão psíquica da vida dos sentimentos, do pensamento e da liberdade (para esse sentido ela emprega o termo *psyche*). A filósofa menciona ainda o *"centro do ser"* ou o *"núcleo da pessoa"* (*Kern der Person*) como uma das características da alma humana. Tal núcleo constituiria a singularidade própria de

---

[6] "Soul or psyche [...] as a conscious center and source of agency. [...]At CM § 54, Husserl speaks of the individual 'life of the soul' (Seelenleben, see also CM § 56). The soul is intimately interwoven with a lived body (Leib), and Husserl often speaks of a psychophysical unity".

cada indivíduo humano, o seu modo único de encarnar a humanidade comungada com os outros humanos.

Especificidades da alma humana e manifestações da força vital

A alma humana, tal como descrita por Edith Stein, é o princípio da vida, da atividade e da unidade da pessoa humana. Portanto, a alma inclui uma série de fenômenos: a vitalidade, as emoções, os sentimentos, o pensamento e o exercício da liberdade. Edith Stein denominava *espírito*, em alemão *Geist*, ao conjunto específico do pensamento e da vontade ou exercício da liberdade. Sendo assim, tal unidade da alma *"esclarece que as estruturas vitais humanas possuem complexidade superior em relação aos outros seres vivos"* (QUEIROZ, MAHFOUD, 2010, p. 43-44).

No entanto, o corpo, visto apenas em seu aspecto material, designado pelo termo alemão *Körper*, não manifesta a ação vitalizante da alma; em vez disso, é o corpo designado pelo termo alemão *Leib*, ou seja, o corpo vivenciado – no âmbito de emoções, sentimentos e exercício da liberdade – que permite identificar a própria alma e sua força vital. No *Leib*, sobressai o movimento, ponto de partida para a compreensão da força vital que se irradia na respiração, na pulsação, na integração sistêmica, no pensamento e na linguagem, nas inquietações e nas reflexões, nas dúvidas e nas escolhas, enfim, na atividade do humano vivo. É certo que a alma e sua força vital atuam desde os níveis mais elementares da vitalidade e de tudo o que é próprio da sensação e das emoções (o que comungamos, aliás, mesmo com os animais não humanos), mas é na experiência humana, com sua maior complexidade em relação aos outros animais, que a alma e sua força se dão mais a conhecer. Por este motivo, faremos aqui um breve excurso pela especificidade da alma humana, a sua dimensão chamada *espírito* (*Geist*). Nessa dimensão, a força vital mostra-se plenamente como força espiritual.

Conhecimento e força espiritual

O ponto de partida steiniano para descrever a maior complexidade da alma humana é o fato de que, segundo sua expressão, *"sou consciente de mim mesmo, não meramente da corporalidade, senão de todo o eu corporal-anímico-espiritual"*[7] (Tradução nossa) (STEIN, 2010b, p. 32).

No livro II de *Ideias para uma fenomenologia pura e uma filosofia fenomenológica*, Husserl apresenta a expressão *mundo espiritual* (*geistige Welt*) no sentido da cultura intersubjetiva. Mas, ele também usa o termo *espírito* (*Geist*) no sentido de "alma"[8] (MORAN, COHEN, 2012, posição 6470). Stein prossegue com as duas acepções ao empregar o termo *espírito* no sentido do conhecimento, produção intelectual e cultural elaborados pelo ser humano, e também ao destacar *Geist* como dimensão *"espiritual pessoal [que] significa despertar e abertura. Não somente sou, e não somente vivo, senão que sei de meu ser e de minha vida"*[9] (Tradução nossa) (STEIN, 2010b, p. 78). A conotação de abertura para si, para o outro e para o mundo implicada no termo *Geist* se mostra entrelaçada na noção de *Lebenskraft*, pois a qualidade da experiência de abertura para

---

[7] *"Es gehört dazu, daß ich meiner selbst, nicht bloß des Leibes, sondern des ganzen leiblich-seelisch-geistigen Ichs inne bin"*.

[8] *"Especially in Ideas II (§ 48FF), Husserl employs the term 'spirit' (Geist) and the 'spiritual world' (die geistige Welt) in the usual German sense to mean broadly the domain of 'mind', 'soul', but especially intersubjective 'culture', in contrast to the realm of nature"*.

[9] *"personale Geistigkeit besagt Wachheit und Aufgeschlossenheit. Ich bin nicht nur und lebe nicht nur, sondern ich weiß um mein Sein und Leben"*.

o mundo pode alimentar a força vital. Ainda refletindo sobre a afirmação citada, reconhecemos que Stein anuncia outra questão estruturante de sua antropologia filosófica: o sentido de singularidade sobressai no horizonte da dimensão do espírito, aspecto básico para a compreensão do modo como cada um dos seres humanos manifesta a sua força vital.

Ainda especificando o sentido do conhecimento de si e do mundo integrado à vontade, a noção de espírito *"designa uma potência da alma (Potenz der Seele), de modo que espírito equivale à mente no sentido da mens latina: refere-se às funções e aos atos do intellectus e do querer"* (LAVIGNE, 2017, p. 105). Como tradutora de Tomás de Aquino, Edith Stein conserva a concepção da dimensão do espírito ao incluir a noção latina e medieval de *intelligere, intus legere*, o "ler dentro". Assim, ilumina a noção de conhecimento, pois inclui o sentido de apreensão e desvendamento ligados ao pensamento que abre os caminhos da inteligibilidade (QUEIROZ, MAHFOUD, 2010). De posse destes significados, introduz ainda o conceito de *Wesenheit*, a essencialidade:

> [O conceito que] Platão e Aristóteles tiveram em vista como ideia (ἰδέα, εἶδος), [...] Edith Stein há de compreender como essencialidade (*Wesenheit*). "As essencialidades, diz Edith Stein, não são vivências, elas são pressupostos para as unidades de vivência" e se constituem como *o compreensível que constitui o ser do próprio espírito*. (SANTOS, 2017, p. 823-824)

Stein alcança ainda mais a riqueza de conotações da dimensão do espírito ao distinguir as nuances de *intelligere, intelligibile* e *intellectus*. Esses termos esclarecem a profundidade do modo pelo qual se dá o conhecimento humano permitido pelo dinamismo da força do espírito: *"Compreender (intelligere) o compreensível (intelligibile) é o ser mais* *próprio do espírito que, portanto tem o nome de entendimento (*intellectus*)"* [10] (Tradução nossa). (STEIN, 2016a, p. 65-66). Abordando a noção de intelecto na conferência *Der Intellekt und die Intellektuellen*, de 1930 em Heidelberg, Stein definiu a inteligência humana como potência ao usar a expressão *"seeliches Vermögen"* (STEIN, 2001, p. 145) com o sentido de faculdade ou capacidade anímica.

Para descrever o mais íntimo da alma, Stein introduz a noção de *Gemüt* como a "alma da alma" que explicita as profundidades da alma humana. Trata-se de um termo de difícil tradução e nos aproximamos da conotação de "instância interior" da alma com as expressões "coração da alma" ou "força anímica":

> Quando ela [uma pessoa] também diz *alma* neste sentido, então é a "alma da alma", onde ela está consigo mesma, na qual ela se encontra consigo mesma, tal como ela é e nas variações dos seus estados emocionais, em cada caso; além disso, é nesta instância [na "alma da alma"] que ela capta aquilo que ela conhece pelos sentidos e pelo entendimento, apreende seu significado, lida com ele, conserva-o e extrai força dele ou é atacada por ele.[11] (Tradução nossa) (STEIN, 2010b, p. 129).

Stein atinge as profundezas do ser humano ao integrar esta noção que abarca conotações de interioridade bem como capacidade de conhecimento e compreensão.

---

[10] *"Das Verstehbare (intelligibile) zu verstehen (intelligere) ist das eigentlichste Sein des Geistes, der von daher den Namen Verstand (intellectus) bekommen hat"*.

[11] *"Wenn sie dafür auch Seele sagt, so ist es die 'Seele der Seele', das, worin sie bei sich selbst ist, worin sie sich findet und so findet, wie sie ist und wie sie jeweils gestimmt ist; worin sie aber auch das, was sie mit den Sinnen und dem Verstand auffaßt, innerlich aufnimmt, es in seiner Bedeutung erfaßt und sich damit auseinandersetzt, es bewahrt und daraus Kraft schöpft oder auch davon angegriffen wird"*.

Assim, confirmamos a radicalidade da noção de alma no pensamento steiniano e a presença do dinamismo da força no "coração da alma".

Raízes da noção de *Lebenskraft* na tese sobre a empatia

Ao tratar da empatia (*Einfühlung*), Edith Stein (2016b, p. 56) enfatiza como as vivências revelam as propriedades anímicas (*seelische Eigenschaften*):

> Também já temos conhecido algumas de tais propriedades anímicas: a agudeza de nossos sentidos que se manifesta em nossas percepções externas, a energia que se manifesta no nosso agir. A tensão ou o relaxamento de nossos atos de vontade manifestam a vivacidade e força ou a debilidade de nossa vontade; em sua persistência se mostra sua tenacidade. Na intensidade de nossos sentimentos se revela a passionalidade; na facilidade com a qual eles aparecem, a convulsibilidade de nosso ânimo.[12] (Tradução nossa).

Nessa descrição, Stein estabelece a relação da alma (*Seele*) com os atos de vontade (*Willensakt*) e com a força (*Kraft*). Os atos de vontade podem evidenciar a presença forte ou fraca da força, ou seja, os atos da vontade podem estar regidos por uma "tensão" (*Gespanntheit*) ou por um

---

[12] "*Wir haben auch schon einzelne solcher seelischen Eigenschaften kennen gelernt: die Schärfe unserer Sinne, die sich in unseren äußeren Wahrnehmungen, die Energie, die sich in unserem Handel bekundet. Die Gespanntheit oder Schlaffheit unserer Willensakte bekundet die Lebhaftigkeit und Kraft oder Schwäche unseres Willens, in ihrem Andauern zeigt sich seine Beharrlichkeit. In der Intensität unserer Gefühle verrät sich die Leidenschaftlichkeit in der Leichtigkeit, mit der sie sich einstellen, die Aufwühlbarkeit unseres Gemütes*".

relaxamento no sentido de afrouxamento da "tensão" (*Schlaffheit*). É importante sublinharmos o sentido de "tensão" vinculado à noção de intensidade que é aprofundada no texto *Causalidade Psíquica*. A percepção da intensidade dos atos vividos está intimamente vinculada à consciência da vivência e ao reconhecimento da força vital.

Identificamos termos que se aproximam do sentido de *Kraft* e que nos ajudam a compreender a importância da presença da força: com o sentido de se estar desperto para a vida, ela cita a vivacidade (*Lebhaftigkeit*), como também realça a presença da energia (*Energie*), revelada nas ações; e, ainda, na continuidade da força, a persistência (*Andauern*), que revela a tenacidade (*Beharrlichkeit*). Na abordagem steiniana sobre os modos e intensidades das manifestações dos sentimentos (*Gefühle*), podemos reconhecer como estes se colocam como vias para o reconhecimento da expressão da força vital em suas especificidades.

Motivação nos alicerces da força vital segundo o texto *Causalidade psíquica*

Contra as ideias mecanicistas, Edith Stein, no contexto fenomenológico da integração das dimensões humanas, analisou a inter-relação da corrente ou do fluxo de vivências com as noções de consciência, realidade e causalidade psíquica. Neste estudo, além de identificar e ressaltar a presença da motivação e do significado de vida espiritual, passa pela discussão sobre o determinismo psicofísico e traz à tona a perspectiva da causalidade psíquica que nos possibilita uma visão de altura na compreensão da complexidade do ser humano. Todos esses conteúdos revelam-se em conjugação com a noção de força vital no estudo *Causalidade psíquica*, que compõe, com *Indivíduo e comunidade*, a obra

Contribuições para a fundamentação da Psicologia e das Ciências do Espírito (STEIN, 2010a).

Stein não aceita que o determinismo psicofísico — a tendência dominante na psicologia de sua época e que ainda, podemos dizer, se estende na contemporaneidade — entenda o psiquismo humano em termos de causalidade rígida, ou seja, ela não concorda que a definição do viver se restrinja a um esquema inteiramente causal. Visando descrever a experiência humana com a máxima fidelidade, ela insiste na necessidade de trazer à tona a questão da liberdade como um elemento central para se pensar o encaminhamento das escolhas e decisões (SANTOS, 2011). Seguindo *"Husserl [que] diferencia o domínio da natureza como o domínio da causalidade do domínio do espírito onde a motivação fornece a lei essencial"*[13] (Tradução nossa) (MORAN, COHEN, 2012, posição 1388), Stein articula conceitos básicos alcançando a perspectiva de dinamismo e unidade do ser humano, conquistando a superação da perspectiva positivista e reducionista. Nessa linha de pensamento, ela identifica, descreve e distingue os fenômenos da motivação e da causalidade como constituintes da pessoa humana. Sua análise adquire ainda maior complexidade quando ela integra a descrição de outro fenômeno, o da vontade, influenciada pelo pensamento tomasiano.

Segundo a descrição steiniana, a vida da dimensão do espírito abarca o entendimento e a vontade; ressaltando que a atividade da vontade (*Willensleistung*) transmite e provoca intensidade à força vital: *"Constatamos novamente que o exercício da vontade implica num esforço incomum e muito intenso. O que a vontade realiza é dar à força uma determinada*

---

[13] "Husserl contrasts the domain of nature as the domain of causality with the domain of spirit where motivation provides the essential law".

direção"[14] (Tradução nossa) (STEIN, 2010b, p. 125-126). Tendo esclarecido a concepção de vontade, podemos afirmar que "(...) *o entendimento ou intelecto apreende o mundo dos objetos, conhece-o e conduz a vontade na realização do seu querer*" (QUEIROZ, MAHFOUD, 2010, p. 49).

O *habitus* e sua relação com a força vital

O fenômeno do *habitus* propicia compreender ainda mais a relação dos atos da vontade com a força vital. O *habitus* se diferencia do sentido usual de *hábito* tal como encontrado na expressão "por força do hábito", que expressa um costume, rotina ou atividade que se repete e já faz parte do cotidiano, até de forma automática. Para entendê-lo, é necessário resgatar o sentido radical de algo que forma e estrutura a pessoa:

> Na verdade, o *habitus* "é o contrário de um 'hábito' que é um mecanismo já montado e fixo" (MASSIMI, 2006, p. 7). A princípio, a diferença pode parecer sutil; porém, revela uma distinção fundamental que possibilita compreender o sentido de *habitus* como disposição própria da constituição humana. A raiz latina, *habitus* tem a correspondência em grego, *hexis* que nos remete ao significado de "uma constituição, um estado do corpo e da alma, uma maneira de ser; alguma coisa que se tem (*habere* = ter)." (MASSIMI, 2006, p. 7). É este o sentido de *habitus* que Stein nos apresenta com o significado de disposição da nossa constituição universal como estrutura. Entretanto, como disposição,

---

[14] "Das führt wieder darauf, daß die Willensleistung eine ungewöhnlich hohe Kraftanspannung bedeutet. Was sie zuwegebringt, ist, daß sie die Kraft in eine bestimmte Richtung lenkt".

pode ou não ser atualizada, em outras palavras, pode ser ou não desenvolvida pelo homem. (CASTANHA DE QUEIROZ, MAHFOUD, 2016, p. 130).

As potencialidades da pessoa humana necessitam de um contexto favorável para serem desenvolvidas. Nós podemos ter as potencialidades sem que estas cheguem a se converter em *habitus*. O atrofiamento e a perda das capacidades são nítidos quando o ser humano não toma consciência da sua possibilidade de direcionar a força vital.[15]

Edith Stein descreve, então, o ser humano como um ser unitário: *"Assim contemplado, o ser humano aparece como um organismo de constituição muito complexa: uma vida em totalidade e unidade que está em permanente formação e transformação"* [16] (Tradução nossa) (STEIN, 2010b, p. 77). Para colaborar com sua descrição, a filósofa aciona duas noções filosóficas clássicas, as de matéria e forma, falando de uma *Durchdringung* entre elas, quer dizer, uma mútua ou recíproca penetração.

---

[15] Após a exposição da força vital e das dimensões humanas, torna-se oportuno enfatizar o tema imprescindível para a Psicologia atual: a questão da unidade do ser humano que pode ser compreendida por meio das manifestações da força vital. Compreender a pessoa no contexto da unidade é fundamental, considerando que a nossa própria linguagem é impregnada de conceitos, os quais nos segmentam, somando-se ao peso das questões que carregamos com a visão dissociada do corpo separado da mente, a qual predomina desde a Idade Moderna e que influenciou as ciências. Retomar as noções aristotélico-tomasianas de matéria-forma (como faremos logo na sequência) permite certamente um resgate da noção de unidade. Stein considera que um dos motivos da visão dissociativa tem origem na suposição incorreta sobre a união de substâncias diferentes, a do corpo e a da alma, nas palavras dela: "[...] *no pressuposto de que duas substâncias estão ligadas no homem*" (Tradução nossa). ("[...] *auf der Annahme, daß im Menschen zwei Substanzen miteinander verbunden seien*") (STEIN, 2010b, p. 104).

[16] "*So betrachtet erscheint der Mensch als ein sehr kompliziert gebauter Organismus: ein einheitliches Lebensganzes, das in ständiger Bildung und Umbildung begriffen ist;* [...]."

Edith Stein analisa o ser humano, então, como uma indissociável unidade corpo-alma ou matéria-forma: *"O corpo está por completo penetrado reciprocamente pela alma, de maneira que não somente a matéria organizada se converte em corpo penetrado mutuamente de espírito, senão que também o espírito se converte em espírito materializado e organizado"*.[17] (Tradução nossa) (STEIN, 2010b, p. 107).

A perspectiva da unidade é o terreno para a observação das expressões da força vital na esfera da vida. Recorrendo à imagem de uma espiral evolutiva, podemos dizer que iniciamos pela definição da alma como princípio de vida e chegamos ao universal da experiência humana, tal como enunciado por Aristóteles (2012) em *De anima* [*DA* 414a-12]: *"E a alma é isto por meio de que primordialmente vivemos, percebemos e raciocinamos"* (p. 76). A afirmação aristotélica evidencia o caráter da alma como princípio da vida e de unidade, pois o movimento próprio da vida se dá em reciprocidade nos atos que integram emoções, sentimentos, intuições e pensamentos, quer dizer na unidade do sentir-pensar-agir.

A descrição steiniana da pessoa humana no contexto das vivências (*Erlebnisse*, termo que explicita "o que estamos vivendo") recebeu nova luz com a identificação da força vital como "propriedade permanente", ou seja, intrinsecamente vinculada à própria manifestação da vida:

> A força é uma propriedade permanente do ser humano como um todo que não se vivencia diretamente, senão que se nos dá por meio daquilo que é vivenciado de modo imediato: por meio, por um

---

[17] *"Die Seele durchdringt den Leib ganz und gar, und durch dieses Durchdringen der organisierten Materie wird nicht nur die Materie durchgeistigter Leib, sondern es wird auch der Geist materialisierter und organisierter Geist".*

lado, dos "sentimentos vitais" próprios que a manifestam, mas também por meio do modo em que executamos atos que têm em si mesmos um sentido inteiramente diferente, mas que por seu modo de serem executados se revelam como dependentes da força existente e que, na retrospectiva, são experimentadas como realizações de altíssima intensidade nas quais enormes quantidades de força são consumidas.[18] (Tradução nossa) (STEIN, 2010b, p. 123).

Falamos, e está claro, de especificidades corporais, psíquicas e espirituais; porém, essa distinção de especificidades possui um objetivo meramente didático. Cada experiência humana, seja do tipo que for, é uma experiência da pessoa em sua totalidade, mobilizando a unidade de suas forças vitais.

O universo das fontes de força vital

Como vimos, ao realizar a análise do espírito (*Analyse des Geistes*), Stein afirma que a alma humana é espírito no sentido de que é "[...] *um ente bem consciente de seu próprio ser e que é aberto para outro ser, um ente que tem poder sobre si mesmo e que pode dispor livremente de si mesmo*".[19] (Tradução nossa) (STEIN, 2010b, p. 112). Entretanto, ela ainda acrescenta que a alma humana não é *"plenamente transparente para si mesma,*

---

[18] "*Die Kraft ist dauernde Eigenschaft des ganzen Menschen, die nicht unmittelbar erlebt wird, sondern durch unmittelbar Erlebtes zur Gegebenheit kommt: Das sind einmal die eigenen 'Lebensgefühle', die sie bekunden, dann aber auch die Vollzugsweisen der Akte, die selbst einen ganz andern Sinn haben, aber durch ihre Vollzugsweise sich als abhängig von der vorhandenen Kraft erweisen und rückwirkend als Höchstleistungen erfahren werden, in denen besonders viel Kraft verbraucht wird*".

[19] "*Sie ist ein Seiendes, das in seinem Sein seiner selbst gewiß und für anderes Sein geöffnet ist, ein Seiendes, das seiner selbst mächtig ist, über sich frei verfügen kann*".

não abrange todos os demais seres, e não existe por si mesma, mas se encontra como um ser já constituído de determinado modo, tão logo se torna consciente de si mesmo".[20] (Tradução nossa) (STEIN, 2010b, p. 112).

No tocante às fontes de *Lebenskraft*, elas podem ser identificadas no "mundo material" e, especialmente, no "mundo espiritual", lembrando que esse último é o espaço da intersubjetividade na qual é possível receber algo em si e dele se apropriar interiormente como fonte de força:

> Esta abertura deve ser entendida no sentido da intencionalidade, da compreensão de algo objetivo. No entanto, esta abertura possui também um sentido completamente diferente: já mencionamos que o espírito pode acolher algo em si mesmo (em oposição aos entes materiais ligados à dimensão do espaço, os quais são "impenetráveis", no sentido de que não são capazes de acolher outros entes do mesmo gênero no próprio interior). Digo: entes do próprio gênero, porque talvez seja possível mostrar que estes entes materiais sejam penetrados pelo espírito. Deste modo, também a alma pode acolher algo em si mesma e apropriar-se daquilo que acolhe. É absolutamente necessário distinguir esta acolhida na própria interioridade da simples compreensão intencional. Se o meu olhar paira com indiferença sobre os objetos ao meu redor, não acolho nada disso na minha interioridade. Reconheço a mesa, a cadeira e a parede como tais, mas não "tiro proveito" interiormente deste conhecimento. Quando, ao contrário, o meu olhar atinge um ser humano,

---

[20] *"Sie ist für sich nicht völlig durchsichtig, sie umfaßt nicht alles andere Seiende, und sie ist nicht durch sich selbst, sondern findet sich als ein bestimmt konstituiertes Seiendes schon vor, sowie sie ihrer selbst inne wird".*

então, normalmente não permanecerá indiferente.[21] (Tradução nossa). (STEIN, 2010b, p. 112).

Ao explicitar determinadas fontes de forças vindas do mundo externo – a leitura de um livro, a escuta de uma música, a contemplação de uma paisagem ou de uma obra de arte, o aprendizado de um instrumento ou de uma profissão –, nós temos condições de compreender como essas situações podem fortalecer a força espiritual se a pessoa se colocar em atitude de atenção.

O consumo da força vital faz parte dos processos psicofísico-espirituais reconhecidos mediante as vivências. Uma atividade intelectual exaustiva pode implicar num grande gasto da força vital, mas observamos como é nítida a revitalização se estabelecermos intercâmbios saudáveis com o mundo circundante. Este apresenta múltiplas fontes de forças, seja no amor ou na amizade, nos encontros ou nas lembranças, na generosidade ou na compaixão, na gratidão ou na fé. A abertura da dimensão do espírito, vivida com atenção cuidadosa, propicia a identificação e o aprendizado de revitalização nos âmbitos corporais, afetivos, psíquicos e espirituais. É infinda a gama de experiências a serem exploradas: as incessantes descobertas pelos cinco sentidos; os sabores, as cores e os

---

[21] "Das Geöffnetsein ist im Sinne der Intentionalität zu verstehen, des Erfassens von etwas Gegenständlichem. Aber es hat noch einen andern Sinn: Es war schon davon die Rede, daß der Geist etwas in sich aufnehmen kann (im Gegensatz zum Räumlich-Materiellen, das 'undurchdringlich' ist, d. h. seinesgleichen nicht in sich aufnehmen kann. Ich sage: seinesgleichen, weil vielleicht gezeigt werden kann, daß es von Geistigem durchdrungen wird). Und so kann auch die Seele etwas in sich aufnehmen, es sich innerlich zu eigen machen. Es muß dies Aufnehmen ins Innere von dem bloßen intentionalen Erfassen wohl unterschieden werden. Wenn mein Blick gleichgültig über die Dinge meiner Umgebung hingleitet, so nehme ich nichts in mich auf: Ich erkenne Tisch und Stuhl und Wand als solche, aber davon 'habe' ich innerlich nichts. Wenn mein Blick auf einen Menschen trifft, so wird er in der Regel nicht gleichgültig bleiben".

aromas dos alimentos que despertam o paladar e atenção com a nutrição; o sono restaurador e o universo onírico; os prazeres da sexualidade; a afetividade dos encontros; a expansão da dança; a interiorização na oração; a acolhida ao sol e à chuva; a superação da adversidade; a admiração estética; a coragem nas lutas diárias; a contemplação da natureza.

O ser humano pode também diminuir e desperdiçar, como conservar, aumentar e investir a força dentro dos limites próprios da duração da vida. A escolha realizada implica em expansão ou desgaste da força vital: *"Quando resiste à sua própria direção ontológica, o espírito suprime sua força natural, e de alguma maneira a extingue, sem poder, contudo, suprimir seu ser: se converte em um ser obscurecido e débil, e ao mesmo tempo fechado em si mesmo"*.[22] (Tradução nossa) (STEIN, 2010b, p. 109).

Relacionando a força vital com a singularidade pessoal, Stein enfatiza as diferenças dos graus das forças corpóreas, psíquicas e espirituais nos diferentes ciclos da vida. Uma pessoa com pouca força corpórea pode demonstrar uma considerável força espiritual, porém, Stein afirma que a pessoa dotada de uma força mais acentuada não tem a garantia de que esta vai permanecer assim sempre. Daí a necessidade de sublinhar a relevância do conhecimento de si proporcionado pela consciência que pode emergir a partir das vivências: a atenção no sentido do "dar-se conta" de si mesmo e a relação com o "núcleo interior" como "centro" de percepção do mundo.[23]

---

[22] *"Indem der Geist sich gegen seine natürliche Seinsrichtung stemmt, hebt er seine eigene Kraft auf, öscht sich gleichsam aus, ohne doch sein Sein aufheben zu können: Es wird ein verfinstertes und ohnmächtiges Sein und zugleich ein in sich verschlossenes, in das nichts mehr einströmen kann".*

[23] Essa é uma grave questão para a ciência psicológica: como o homem contemporâneo cuida – ou não – da sua força vital e como lida com as suas fontes de forças?

Stein enfatiza ainda a relação pessoa-comunidade, pois esta propicia, entre outros aspectos, a deflagração da força vital, impulsionando o fortalecimento individual e o coletivo: "*sua existência [do ser humano] é existência em um mundo, sua vida é vida em comunidade. E estas não são relações externas que passam a existir em si mesmas e para si mesmas, mas esse ser integrado em um todo maior pertence à constituição do próprio homem*".[24] (Tradução nossa) (STEIN, 2010b, p. 108).

A força vital no horizonte da Psicologia com alma

Partimos da noção de *anima* "*como a entidade à qual é atribuído o comando das funções vitais do ser animado*" (SANTOS, 2009, p. 13). Para Aristóteles (2012), a prioridade do conhecimento acerca dessa noção, afirmada na abertura da obra *De Anima* [*DA*402a1], dá-se exatamente por trazer a compreensão da natureza e dos seres vivos: "*Supondo o conhecimento entre as coisas belas e valiosas, e um mais do que outro, seja pela exatidão, seja por ter objetos melhores e mais notáveis, por ambas as razões o estudo da alma estaria bem entre os primeiros*" (p. 45).

Em continuidade com linhas clássicas da tradição filosófica, Stein reconhece a pertinência da descrição da alma no pensamento de Platão, para quem há uma totalidade plena de vida no universo: "*nada há completamente inanimado no cosmos, se achando alma em cada corpo, dos vegetais aos átomos dos quatro elementos*" (SANTOS, 2019).

Edith Stein não admitia falar de alma nos minerais, pois a experiência não parece corroborar esse dado, mas,

---

[24] "*Sein Dasein ist Dasein in einer Welt, sein Leben ist Leben in Gemeinschaft. Und das sind keine äußeren Beziehungen, die zu einem in sich und für sich Existierenden hinzutreten, sondern dies Eingegliedertsein in ein größeres Ganzes gehört zum Aufbau des Menschen selbst*".

à semelhança de Platão, ela dizia que mesmo os minerais possuem, por sua estrutura íntima, certa presença ideal que os estrutura e os traz à existência.

Ao se tratar da pessoa humana, destacamos a gama de significados da noção de alma[25] e os termos utilizados por Edmund Husserl e Edith Stein – *anima, psyche, Seele, Geist* – que confirmam como estes se complementam e se mostram como conceitos basilares na abordagem steiniana da força vital humana. A antropologia filosófica de Edith Stein funda-se, como vimos, na contemplação e descrição da unidade do ser humano, adotando a perspectiva da alma como característica essencial que distingue a experiência humana em meio aos outros seres. Em Aristóteles e em Tomás de Aquino (sem esquecer Santo Agostinho), ela encontrará ainda mais elementos para enfatizar o ser humano em sua unidade.

Ao longo de seus escritos, ela se manteve coerente com suas próprias indagações quanto à falta de fundamentação filosófica da Psicologia fundada como ciência e também em concordância com a crítica tecida por Husserl, em 1917, à "psicologia sem alma" no texto "Fenomenologia e Psicologia" que foi elaborado para a publicação por Edith Stein[26]. Nessa obra, encontramos a expressão "psicologia sem alma" retratando a visão reducionista do ser humano que ainda

---

[25] Para uma síntese da noção de alma, em Aristóteles e Platão, cf. Santos, 2009, p. 13-33. Cf. também Massimi, 2016: Cap. 1: Conceito de psique na Grécia antiga.

[26] Como assistente de Edmund Husserl, Edith Stein, elaborava os textos de seu mestre para a publicação e utilização nos estudos. "*Phänomenologie und Psychologie. Ausarbeitung von Edith Stein*" é a primeira parte da obra "*Einleitung in die Phänomenologie. Texte zu einem geplanten Beiheft der Kant-Studien* (1917)". (Introdução à Fenomenologia. Texto de um Suplemento planejado para o Estudo de Kant (1917) (Tradução nossa). Publicado como Apêndice na ESGA 9.

hoje merece ser superada: *"A nova psicologia às vezes gostava de se nomear psicologia sem alma, também, ela é, principalmente, psicologia sem consciência".* [27] (Tradução nossa) (HUSSERL, 2014, p. 213). A expressão "psicologia sem alma" já havia sido utilizada em 1866 por F. A. Langes[28].

A obra edificada por Stein se constitui como um referencial para o reconhecimento da pessoa humana na sua totalidade no horizonte das potências da alma (que, obviamente, possuem corporalidade). Essa descrição fenomenológica radicada nos fundamentos como matéria-forma e potência-ato são alicerces para a reflexão sobre a possibilidade da atualização das potências humanas: *"É pelo que 'vivemos, percebemos e raciocinamos' que a alma é caracterizada como 'uma certa atualidade e determinação do [corpo] que tem a potência de ser tal' "* (SANTOS, 2019).

Edith Stein descreve a vida no exercício honesto de revelar as possíveis sombras e luzes do movimento das potencialidades humanas. Por sua fidelidade à experiência, a perspectiva da força vital, *Lebenskraft,* ultrapassa épocas e disciplinas, bem como atende às demandas contemporâneas por retratos menos irreais do ser humano.

Nesse terreno steiniano "pleno de alma", a Psicologia[29], em nosso século, pode certamente encontrar fundamentos e recursos para refletir e lidar com toda pessoa que se mostre carente no investimento de suas forças vitais. Além da Psicologia,

---

[27] "Die neue Psychologie liebte es zeitweise, sich Psychologie ohne Seele zu nennen, sie ist aber auch in der Hauptsache Psychologie ohne Bewußtsein".

[28] LANGES, F. A. *Geschichte des Materialismus und Kritik seiner Bedeutung in der Gegenwart.* Iserlohn: Baedeker Verlag, 1866.

[29] Cf. Massimi, 2016, temos a apresentação de uma visão histórica da Psicologia que nos permite estabelecer a relação com nossa reflexão sobre a Psicologia com alma.

as áreas da Saúde e da Educação também podem ser beneficiadas, mesmo e, sobretudo, em projetos transdisciplinares.

O homem atual mostra a carência da compreensão da sua força vital e de seu próprio ser, manifestando enfraquecimentos físicos, psíquicos e espirituais no cenário de distanciamento dos significados de suas vivências (CASTANHA DE QUEIROZ, 2017). As lacunas no entendimento do próprio viver se estendem e abalam agudamente as relações da pessoa consigo mesmo, com o outro, com a totalidade do mundo e com as oportunidades de transcendência. Se, no cotidiano, a palavra *força* é associada ao poder, à competitividade ou ao autoritarismo, o seu inverso remete à covardia, à debilidade ou à atitude depressiva, intensificadas com pré-julgamentos e discriminações. Nenhum desses extremos nos leva ao sentido genuíno da potência de vida. Assim, nas interseções – familiares, educacionais, profissionais, religiosas, comunitárias, políticas e culturais em geral – nos deparamos com as consequências da trágica desvinculação da pessoa com a sua própria força vital.

Porém, em um contexto tão hostil, podemos encontrar possibilidades de mudança, assumindo a força vital como princípio de vida. Pode ser que agora estejamos no tempo propício para enxergar as potências psicofísico-espirituais à espera de atualizações: *"Aos graus de intensidade do vivenciar correspondem às diferenças de claridade da consciência. Quanto mais intenso é o vivenciar, tanto mais luminosa e desperta é a consciência que se tem dele"*.[30] (Tradução nossa) (STEIN, 2019, p. 19).

Sempre nos convidando à reflexão, a obra steiniana nos propicia renovar as perguntas sobre o nosso modo de viver, o que implica na consciência dos vínculos de diversas naturezas

---

[30] *"Den Spannungsgraden des Erlebens entsprechen Helligkeitsunterschiede des Bewußtseins. Je intensiver das Erleben, desto lichter, wacher ist das Bewußtsein von ihm".*

e de seus valores. A fidelidade ao eixo central do cuidado com as forças da vida nos impulsiona a olhar, conhecer e valorizar as vivências a partir de um olhar renovado. E este pode revigorar o entusiasmo do viver. Quando a atenção com os valores torna-se primordial, a força vital reverbera nas respostas dadas ao mundo.

Referências

ARISTÓTELES. *De anima*. Apresentação, tradução e notas de Maria Cecília Gomes dos Reis. 2ª ed. São Paulo: Editora 34, 2012.

BETSCHART OCD, C. Lebenskraft. In: KNAUP, M.; SEUBERT, H. *Edith-Stein Lexikon*. Freiburg im Breisgau: Herder Verlag, 2017. p. 224-225.

CASTANHA DE QUEIROZ, M. I. O percurso pela noção de *força* em Edith Stein. *Argumentos*, v. 9, n. 18. Fortaleza, p. 18-33, jul./dez. 2017. Retirado em 30/03/2019. Disponível em: <http://www.periodicos.ufc.br/argumentos/article/view/31025>. Acesso em: 14 jul. 2019.

CASTANHA DE QUEIROZ, M. I.; MAHFOUD, M. Do *habitus* à unidade da força no pensamento steiniano: abertura para compreensão da virtude no luto. *Argumentos*, v. 8, n. 16. Fortaleza, p. 122-136, jul./dez. 2016. Retirado em 25/02/2019. Disponível em: <http://www.periodicos.ufc.br/argumentos/article/view/19148>. Acesso em: 14 jul. 2019.

GERL-FALKOVITZ, H.-B. A história cultural alemã nas décadas de 1910-1930: o contexto de Edith Stein. *Teologia em Questão*, v. 15, n. 2. Taubaté, p. 15-49, 2016.

HUSSERL, E. Phänomenologie und Psychologie. Ausarbeitung von Edith Stein. In: STEIN, E. *Freiheit und Gnade und weitere Texte zu Phänomenologie und Ontologie*. Freiburg im Breisgau: Herder Verlag, 2014. pp. 195-230. (ESGA 9).

LAVIGNE, J.-F. Alma, corpo e espírito segundo Edith Stein: uma renovação fenomenológica do pensamento aristotélico-tomasiano. *Teologia em Questão*, v. 15, n. 2. Taubaté, p. 101-124, 2016.

MASSIMI, M. *Glossário de conceitos da tradição filosófica derivados de Aristóteles e Tomás de Aquino*. Pós-Graduação da Psicologia, FAFICH, UFMG, Belo Horizonte, 2007. Manuscrito não-publicado.

MASSIMI, M. *História dos saberes psicológicos*. São Paulo: Paulus, 2016.

MORAN, D.; COHEN, J. *The Husserl Dictionary*. Continuum Philosophy Dictionaries. [livro eletrônico]. New York: Bloomsbury, 2012. Ed. Kindle. Não paginado.

PESSOA, F. *Obra poética de Fernando Pessoa*. Rio de Janeiro: Nova Aguilar, 1990.

QUEIROZ, M. I. C.; MAHFOUD, M. A virtude como ato no luto. *Memorandum*, n. 19. Belo Horizonte, p. 40-64, 2010. Retirado em 03/03/2019. Disponível em: <https://periodicos.ufmg.br/index.php/memorandum/article/view/6573>. Acesso em: 14 jul. 2019.

SANTOS, G. L. Motivação e Liberdade: A superação do determinismo psicofísico na investigação fenomenológica de Edith Stein. *Kairós*, v. 8, n. 2. Fortaleza, p. 216-234, Jul./Dez. 2011. Retirado em 15/02/2019. Disponível em: <http://www.catolicadefortaleza.edu.br/wp-content/uploads/2013/12/04-Gilfranco-Lucena-Motivação-e-Liberdade-E.-Stein-ok-pags.-216-a-234.pdf>. Acesso em: 14 jul. 2019.

SANTOS, G. L. Edith Stein e a Filosofia de Platão. *Aurora*, v. 29, n. 48. Curitiba, p. 819-839, set./dez. 2017.

SANTOS, J. G. T. *Para ler Platão*: alma, cidade, cosmo. Tomo III. São Paulo: Loyola, 2009.

SANTOS, J. G. T. No princípio era a alma. Conferência proferida na Universidade de Fortaleza – UNIFOR, Fortaleza, 24 de abril de 2019.

STEIN, E. Der Intellekt und die Intellektuellen. In: STEIN, E. *Bildung und Entfaltung der Individualität*. Freiburg im Breisgau: Herder Verlag, 2001. p. 143-156. (ESGA 16).

STEIN, E. *Potenz und Akt:* Studien zu einer Philosophie des Seins. Freiburg im Breisgau: Herder Verlag, 2005. (ESGA 10)

STEIN, E. *Beiträge zur philosophischen Begründung der Psychologie und der Geisteswissenschaften*. Freiburg im Breisgau: Herder Verlag, 2010a. (ESGA 6).

STEIN, E. *Der Aufbau der menschlichen Person:* Vorlesung zur philosophischen Anthropologie. Freiburg im Breisgau: Herder Verlag, 2010b. (ESGA 14).

STEIN, E. *Freiheit und Gnade und weitere Texte zu Phänomenologie und Ontologie.* Freiburg im Breisgau: Herder Verlag, 2014. (ESGA 9).

STEIN, E. *Einführung in die Philosophie.* Freiburg im Breisgau: Herder Verlag, 2015. (ESGA 8).

STEIN, E. *Endliches Und Ewiges Sein.* Freiburg im Breisgau: Herder Verlag, 2016a. (ESGA 11-12).

STEIN, E. *Zum Problem der Einfühlung.* Teil II–IV der unter dem Titel: Das Einfühlungsproblem in seiner historischen Entwicklung und in phänomenologischer Betrachtung vorgelegten Dissertation. Freiburg im Breisgau: Herder Verlag, 2016b. (ESGA 5)

STEIN, E. *Vida de uma família judia e outros escritos autobiográficos.* São Paulo: Paulus, 2018.

CAPÍTULO IV

Motivação, vontade e estados vitais no atendimento a crianças:
trilhando caminhos de intervenção

Suzana Filizola Brasiliense Carneiro

Introdução

Desde o início de minha formação como psicóloga – e mesmo no período anterior a essa fase – nutro um interesse particular pela compreensão das vivências de pessoas que se encontram em "situações limites", sejam estas impostas pelo contexto ou inerentes à própria condição humana. Como exemplo, posso citar aqueles que têm de lidar com os limites psicofísicos (doenças crônicas, vícios), aqueles que vivem em condições de pobreza social e material e/ou que sofrem diferentes tipos de violência.

Em primeira pessoa, vivenciei essa perspectiva quando ainda era criança, a partir da tomada de consciência da própria morte, quando me questionava a respeito da necessidade de viver toda uma vida sabendo que, independente das escolhas que fizesse, meu fim seria o mesmo. A facticidade estava colocada como uma contingência intransponível e esse limite extremo apontava para tantos outros que se apresentavam no cotidiano. Mas será que tais limites levam necessariamente à afirmação de que as pessoas são determinadas pelas circunstâncias, independentemente do modo como as vivenciam? Nesse caso, bastaria olhar o contexto e a história de vida de uma pessoa, para saber quem ela é e quem "deverá-vir-a-ser".

A experiência, no entanto, não se revela dessa maneira. Atuo como psicóloga em uma ONG localizada na zona oeste de São Paulo, mais especificamente em um projeto que atende crianças de 6 a 13 anos, pertencentes às comunidades do entorno da instituição. Nesse contexto, percebo que o grande desafio não apenas meu, mas de toda a equipe, é nos mantermos em atitude de *suspensão fenomenológica* para deixarmos que a realidade se mostre, para acompanharmos as crianças e suas famílias em seu dinamismo próprio sem cairmos, de um lado, em explicações generalistas ou preconceituosas que remetem tudo ao contexto (por exemplo, se a criança foi abusada sexualmente em casa, ela se tornará necessariamente um abusador) e de outro, em visões ingênuas que negam as dificuldades e os dramas da existência, como se as pessoas fossem mônadas isoladas.

A experiência de atendimento às crianças do *"Projeto Ampliada"*, que relataremos a seguir, tem mostrado que, apesar de sermos constantemente tomados por um olhar determinista, que desanima e ofusca as possibilidades de transformação, também somos surpreendidos pelo imprevisível que irrompe nas situações mais inesperadas e corriqueiras, insistindo em mostrar que as estatísticas e os esquemas explicativos estão longe de dar conta da compreensão do fenômeno humano.

O contexto de atendimento

O *"Projeto Ampliada"* é uma iniciativa da *"Associação Nossa Turma de Apoio à Infância e Adolescência."*[1] Situada na

---

[1] Referiremos à instituição como "Nossa Turma", "Associação" ou "ONG".

região do CEAGESP, a *Nossa Turma* atende três comunidades do entorno imediato que, juntas, somam cerca de 1300 famílias (OTONDO et al., 2010). Apesar de viverem em uma região privilegiada do ponto de vista do transporte, dos equipamentos sociais como escolas e posto de saúde, de comércios e locais de trabalho próximos, os moradores sofrem a pressão do mercado imobiliário e de grandes empresas para abandonarem o bairro, gerando um clima de insegurança e instabilidade.

Em sua maioria, as condições de moradia são precárias e, às vezes, faltam coisas básicas para as famílias viverem, tais como, colchões ou geladeira. Além disso, em uma das comunidades, nos chama atenção o ambiente insalubre, com pouca luminosidade e com um espaço de convívio que se restringe a um estreito corredor de passagem, cujo cenário se divide entre crianças jogando *video game*, mulheres estendendo roupas no varal e pessoas consumindo, ou traficando drogas.

Segundo relatos dos moradores, colhidos nas visitas domiciliares realizadas pela equipe da *Nossa Turma*, a ocupação dessa região data dos anos 1960 e grande parte da população é proveniente de áreas rurais de outros Estados, principalmente do Piauí. A migração se deu em função da busca de oportunidades de trabalho e hoje, muitos moradores são funcionários da CEAGESP (floristas, carregadores, segurança, profissionais da limpeza, vendedores de frutas) que têm os seus filhos atendidos pela Associação.

A *Nossa Turma* surgiu em 1998 como uma iniciativa da CEAGESP, em resposta à situação dramática de crianças e adolescentes que frequentavam o entreposto e que eram submetidas ao trabalho e à prostituição infantil. Hoje, a instituição atua a partir de três projetos: uma CEI conveniada com a Prefeitura de São Paulo, que atende 107 crianças de

11 meses a 4 anos; o *"Projeto Noturno"*, que oferece formação humana e técnica para jovens do Ensino Médio; e o *"Projeto Ampliada"* que atende, atualmente, 27 crianças entre 6 e 13 anos no contra turno escolar.

Projeto Ampliada: relato de experiência

Meu trabalho na *Ampliada* teve início em setembro de 2017, com o objetivo de buscar maior aproximação com as famílias das crianças atendidas. Em parceira com a assistente social, realizamos visitas domiciliares que, agendadas previamente, foram associadas a um projeto sobre identidade trabalhado com as crianças. Nas visitas, buscávamos conhecer melhor as famílias, suas origens e um pouco da história de vida dos pais. Essas informações eram depois trocadas com as crianças a fim de que conhecessem melhor suas raízes e seu contexto de vida. A partir de 2018 as visitas prosseguiram e minha intervenção se ampliou para a formação da equipe e para o atendimento às crianças, a respeito do que farei um breve relato a seguir.

O início do trabalho com as crianças deu-se a partir da observação e interação nos momentos de lição de casa e de brincadeiras livres. Chamava a atenção o fato de elas se relacionarem muito com o corpo e pouco com a palavra, principalmente nos momentos de conflito. As brigas, os chutes, os tapas e empurrões eram frequentes e, muitas vezes, por coisas pequenas, indicando um grau de tensão bastante elevado, que dificultava a percepção de si e a reflexão.

Partindo dessas observações, iniciei uma atividade de contação de histórias em grupo, com a intenção de trabalhar o reconhecimento das emoções e a apresentação de valores, como a amizade e a solidariedade. Apresentei às crianças a boneca-índia *Felicidade do Carmo*, que a cada semana narrava uma história de sua aldeia e de sua família, na qual predominava uma emoção: raiva, tristeza, alegria etc. Iniciávamos a atividade sentados em roda e acendendo uma vela ao centro, simbolizando uma fogueira. Após contar a história, eu conversava com as crianças sobre a emoção predominante e, com perguntas, ajudava-as a se expressarem a respeito de si. Em seguida, era proposto algum tipo de registro a partir do que havia sido partilhado: desenho, colagem, argila etc.

A título de exemplo, apresentamos a primeira atividade, cuja história "Já secou", apresentava *a raiva* como emoção predominante:

> **Já secou**
>
> O Ubiratã é meu irmão mais novo. Ele gosta muito de brincar comigo. Fica só esperando eu inventar uma brincadeira pra vir pedir pra brincar. Eu até que gosto porque ele me faz companhia. Eu adoro brincar de rolar na areia com o xerimbabo,[2] gosto de jogar pedrinhas no rio pra ver os peixes pularem, de subir nas árvores pra ver de longe se o meu pai tá chegando da pescaria. Brincar na mata é muito divertido!
>
> Um dia, eu sentei pra descansar embaixo de uma árvore e vi que ali tinha um monte de gravetinhos. Fui juntando todos, uns grandes, uns pequenos e coloquei um ao lado do outro pra brincar de apostar corrida.
>
> Como sempre, o Ubiratã chegou e pediu pra brincar. Cada um pegou um graveto e a gente fazia eles andarem assoprando e dando peteleco.
>
> Bom, mas no auge da brincadeira ouvi uma voz me chamando:

---

[2] *Xerimbabo*, em Tupi, significa "coisa querida" e é utilizado pelos índios Tupinambás para referir-se aos seus bichos de estimação.

— Felicidaaadeeeee!!!! – Era minha mãe. Ela pediu:

— Felicidade, vai colher uns milhos pra eu cozinhar pro jantar, por favor. Levantei depressa e falei pro Ubiratã: — Pode brincar, mas cuide bem dos meus gravetos que eu já volto.

Levei os milhos pra minha mãe e voltei logo pra brincar. Quando eu cheguei, vocês não imaginam o que eu encontrei... Os gravetos estavam todos quebrados, todos estraçalhados. E o Ubiratã? Não estava lá. Então eu pensei: Ah danado! Com certeza fugiu de medo depois de ter quebrado todos os meus gravetos.

Entrei em casa com muita raiva do Ubiratã. Até chorei de raiva por ele ter quebrado meus gravetos. Eu disse pra minha mãe:

— Mãe, eu vou atrás do Ubiratã e vou bater nele porque ele estragou os meus gravetos e ainda fugiu.

Minha mãe, muito calma, disse:

— Filha, você lembra o dia em que você estava com uma pena nova, toda bonita, e a sua pena caiu na lama?

— Lembro, respondi. E minha mãe continuou:

— Você pegou a pena e saiu dizendo que ia limpar.

— Foi.

—E você lembra o que sua avó disse?

— Sim! Ela disse para eu esperar a lama secar que virava pó e então era só assoprar que limpava. Ela disse pra eu esperar secar a lama.

Minha mãe respondeu:

— Isso mesmo filha! Então eu vou te falar uma coisa: não vá agora atrás do seu irmão. Espere a sua raiva secar que tudo vai se resolver melhor.

Na hora eu não entendi muito bem o que queria dizer "esperar minha raiva secar", mas de qualquer jeito, esperar eu sabia. Então não fiz nada, sentei e esperei.

Naquele momento, comecei a perceber o turbilhão de emoção que estava dentro de mim. Entendi que essa era a raiva e me dei conta de que ela é agitada e barulhenta.

Alguns minutos depois o Ubiratã chegou na oca. Entrou com uma rede enrolada nos braços e disse:

— Felicidade, você não sabe o que aconteceu. Eu estava brincando com os seus gravetos e aí apareceu o Xerimbabo e pisou em cima deles e quebrou eles todinhos! Eu fiquei muito triste... Então, tive uma ideia! Peguei a rede e entrei na mata pra catar uns gravetos novos pra você. Demorei um pouquinho, mas consegui. Toma, vim trazer esses gravetos novos. Espero que você não fique com raiva de mim.

Nessa hora, eu compreendi o que a mamãe me disse e logo respondi:

— Nãããããooo, a minha raiva já secou. Vamos brincar!

Após a história, a conversa foi estimulada com perguntas como: Você já sentiu raiva? Em qual situação? Como é sua raiva? Se fosse uma cor, qual seria? Um cheiro? Um objeto? O que você faz quando está com raiva? O que te ajuda a se acalmar? Em seguida, as crianças recortaram imagens e frases de revistas que representavam a sua raiva. As imagens que apareceram foram cenas de guerra, imagem de fogo, de arma, uma criança sozinha com expressão de tristeza, entre outros.

Essa dinâmica foi desenvolvida nos dois primeiros meses de trabalho. Com o tempo, entretanto, comecei a sentir que havia certo "engessamento" na proposta e que nem todas as crianças se abriam ou se interessavam, ou seja, era difícil acessá-las apenas a partir das histórias. Parecia haver um grande abismo entre o mundo delas e o mundo apresentado no contexto do projeto.

Eu observava que algumas crianças chegavam cansadas, sem energia, e dormiam no canto da sala. Outras se recusavam a participar das atividades e raramente comiam. Elas ficavam no portão de entrada e resistiam ao convite dos educadores de se juntarem ao grupo. Outras, ainda, oscilavam entre a manifestação de tristeza e isolamento – às vezes, choravam no canto sem conseguir partilhar o que acontecia – e reações de raiva desproporcional às situações vivenciadas, como um desentendimento no futebol ou o fato da professora recolher a bola para dar início a uma nova atividade, tudo era motivo de grande revolta. Surgia então a pergunta: A que essas crianças estão reagindo? O que vivem? O que sentem? Era preciso propor menos e escutar mais. Era preciso deixar que elas se desvelassem e que mostrassem seu mundo, nem sempre belo e nem sempre aceito no próprio contexto da instituição, por serem permeados de palavrões, armas, xingamentos e ameaças. Era preciso diminuir o hiato entre o mundo das crianças e o mundo apresentado pelo projeto, criando uma ponte, uma transição que facilitasse a integração entre esses dois mundos no interior de cada criança. Surgiu assim a ideia de oferecer um espaço de expressão e escuta individual, um "entre" que facilitasse o encontro dos diferentes mundos.

Apesar de resistir a essa forma de atendimento, por ter aprendido que o "modelo clínico" não condizia com o trabalho institucional, e que este deveria priorizar o coletivo, iniciei um atendimento individual com as crianças. Afinal, era necessário deixar de lado os preconceitos para acolher o que a realidade apresentava, deixando de lado o aprendido, o esperado, para me abrir a descobrir, no encontro, a melhor forma de servir àquelas crianças. Era preciso recomeçar com humildade e sustentar a abertura mesmo diante da angústia de não saber. Enfrentar a angústia do caos com paciência, encarando-a, não como uma limitação, mas como uma porta de entrada para a descoberta de novos sentidos, de novas possibilidades "de ser", tanto para mim, como para as crianças e equipe.

Abri-me, portanto, para um caminho que foi tomando forma no processo e cujo eixo norteador era a vontade de me moldar àquilo que o fenômeno pedia. Nesse sentido, estava claro que as crianças precisavam de uma atenção individualizada e que algumas se encontravam em um estado de sofrimento tão grande que não conseguiam se abrir para o outro, vivenciar o coletivo como um bem, ou serem solidárias, como muitas vezes era esperado. Eu sentia a necessidade de escutá-las livre de expectativas, e ao mesmo tempo, com certo temor do que poderia emergir. Mais do que uma escuta, percebia a necessidade de favorecer um encontro humano menos ameaçador, que possibilitasse a elas "ser" quem eram, como eram ou como poderiam ser em determinado momento.

Com esse propósito, iniciei o atendimento em uma sala separada, que ficou conhecida como "salinha". Convidava uma criança por vez, priorizando aquelas que eram mais difíceis de serem acessadas em grupo. Eu deixava lápis de cor, lápis grafite, giz de cera, borracha, tesoura, cola, barbante e papel sulfite à disposição em cima da mesa. Na maior parte das vezes, as crianças desenhavam espontaneamente enquanto conversávamos.[3]

Já nos primeiros atendimentos, percebi uma abertura muito grande das crianças e compreendi que o ambiente fazia

---

[3] Utilizei também algumas técnicas projetivas como o desenho história de Walter Trinca, o HTP, desenho da família, e o jogo do rabisco, muito apreciado pelos meninos menores (de 8, 9 anos).

toda a diferença. Os desenhos eram um meio privilegiado de expressão das vivências difíceis e violentas que elas não conseguiam colocar em palavras e que, muitas vezes, extravasavam por meio do corpo, dos enfrentamentos, da recusa a participarem das atividades, do isolamento. No início, as expressões (desenhos, histórias e situações reais relatadas) pareciam uma espécie de catarse, um "colocar pra fora" sem muita elaboração ou filtro. As situações e emoções representadas eram extremamente agressivas e perturbadoras, e uma figura em especial aparecia com frequência nos desenhos de diferentes crianças: a do "palhaço assassino".[4]

Contudo, as ilustrações não eram o único meio de expressão. Os meninos, principalmente quando estavam em grupo,[5] tendiam a falar sobre a realidade da comunidade e traziam assuntos delicados como a relação conflituosa entre os traficantes e os usuários de droga (a quem se referem como os "nóias"), a experiência de participarem de velórios de jovens conhecidos, o medo da polícia e até mesmo violências sofridas em primeira pessoa, tanto em casa, quanto na escola, ou na comunidade (*bullying*, palmadas, roubos, ameaças, abuso de autoridade, entre outros). As conversas tinham um tom ansioso e às vezes até professoral, uma vez que apresentavam para mim, uma "estrangeira ignorante", a sua realidade, com códigos e valores próprios que eles dominavam.

Eu percebia a importância desse movimento, não apenas por observar que as crianças saíam mais calmas e

---

[4] Imagem que possui significados específicos no mundo do crime, como furto ou morte de policiais.

[5] Com o tempo, as crianças passaram a ser atendidas por livre demanda e, às vezes, pediam para serem atendidas em duplas ou trios, o que era concedido conforme a situação.

aliviadas da "salinha", mas porque sentia que elas haviam ganhado ("se apropriado de") um espaço novo, um espaço de liberdade que as resgatava da solidão e do aprisionamento em um mundo violento. De fato, no início pensei que era preciso entrar no mundo delas para compreendê-las e que o atendimento seria essencial para isso. E foi. Entretanto, fui percebendo que era uma via de mão dupla, ou seja, quanto mais eu testemunhava os seus sofrimentos, mais as ajudava a se integrarem no ambiente do projeto.

A fala das crianças de que a salinha era "um lugar de paz" me fez compreender que o essencial era que elas saíssem daquele mundo que as aprisionava em uma casca protetora tecida pelo movimento reativo de sobrevivência; uma casca que dificultava a manifestação de seu "verdadeiro eu". No mundo "lá fora" não havia paz para serem quem eram. A salinha oferecia uma segurança que as permitiam relaxar, baixar a guarda e, aos poucos, se despirem dos "acessórios de combate", com os quais elas enfrentavam o mundo.

Algumas vivências relatadas, como a preocupação de um menino de 8 anos de cuidar do pai quando ele bebia e de sair sozinho pelos bares da redondeza à sua procura; ou o sentimento de raiva e impotência de uma menina de 6 anos em relação ao pai por presenciar cenas de violência física contra sua mãe; ou ainda, o ter que levar dois lanches para a escola para evitar a rejeição das "colegas" de classe quando não há o que oferecer a elas; ilustram o mundo hostil que obriga essas crianças a se imbuírem de papéis e atitudes que violentam sua infância, que violentam o sentimento de pertença a uma comunidade e que violentam a singularidade e a expressão autêntica do eu. Trata-se, portanto, de um mundo que as "de-formam" à medida que as privam de valores fundamentais para o processo formativo de tornar-se cada vez mais si mesmas (STEIN, 1999a).

Ao longo do tempo, foi possível reconhecer as formas privilegiadas de expressão de cada criança. Para um, o desenho permaneceu sendo o meio privilegiado de manifestação de si e essa continuidade possibilitou o acompanhamento de uma transformação tanto no modo de desenhar (menos ansioso e mais planejado), como nos conteúdos apresentados, que foram se ampliando do tema violência (palhaço assassino, história de João e Maria) para outros contextos, como autorretratos, cidade do fundo do mar, bichos e flores.

Poderia destacar o caso de um menino com quem a interação se deu a partir da leitura de livros. Era um garoto grande para a sua idade, que falava muito pouco e quase não tinha contato físico. Quando o abraçávamos, ele ficava com o corpo enrijecido, fechado, quase não sorria, mas observava bastante. Aos poucos, ele foi se abrindo. No início, não quis vir à salinha, mas um dia apareceu espontaneamente e trouxe um livro. Entrou em silêncio, sentou de frente para mim e colocou o livro na mesa. Olhou-me e pediu que eu lesse. A partir de então, sempre que vinha à salinha pedia para eu ler alto para ele e, enquanto eu o fazia, ele cortava as unhas embaixo da mesa ou ficava parado me olhando. Esse menino se mudou de cidade ao final de 2018. Na despedida, dei a ele um livro para levar e ele agradeceu, mas disse que preferia levar o que tínhamos lido juntos: "A Ilha Perdida", de Maria José Dupret, um livro significativo para mim, que fizera parte da minha infância e que eu apresentara a ele. Essa experiência mostra o quanto nos implicamos mutuamente na relação e como o espaço da salinha se configurou como um encontro humano e transformador, não apenas para as crianças, mas para mim também.

Além do desenho e da leitura, outras formas de expressão vivenciadas foram a construção de Legos, argila, colagem e brincadeira de "mamãe e filhinha". Conhecer o meio de expressão privilegiado por cada criança e também o modo como elas eram afetadas por sua realidade possibilitou traçar estratégias para ajudá-las. As intervenções não eram apontadas apenas por mim, mas eram frutos de uma reflexão conjunta da equipe (educadores, coordenadora, assistente social, diretora pedagógica) e que englobava tanto o trato individual com a criança, como sua relação com os colegas, educadores, a intervenção na família e na escola e, quando necessário, a busca de ajuda de outros profissionais (psicopedagogo, fonoaudiólogo, endocrinologista, dentista, oftalmologista etc.).

Ao longo dos atendimentos na salinha, percebi que as expressões de algumas crianças deixaram de ter um tom de catarse e foram ganhando novas formas. Os sentimentos começaram a ser percebidos e nomeados com maior clareza e foi possível aprofundar com elas algumas reflexões, como o significado de "ser forte" e os tipos de força que elas conseguiam identificar além da força física – um valor muito presente tanto para os meninos como para as meninas e suas famílias, pois os conflitos tendem a ser resolvidos no "corpo a corpo". Foi interessante a percepção de um dos meninos de que sua tia era forte porque criava sozinha os filhos; e de outro que identificou a força de uma criança do projeto, pelo fato de ela ter superado uma doença grave. Também houve uma evolução em relação à autopercepção e ao domínio de si, a exemplo de um menino que, num primeiro momento, recusou-se a vir à salinha, mas depois concordou e ao entrar disse: — Eu não queria vir porque estou muito nervoso, mas achei que ia fazer bem pra mim.

Compreensão da experiência

A experiência relatada pode ser iluminada a partir de elementos descritos por Edith Stein (2005) a respeito da vida psíquica. Segundo a autora, existe uma legalidade própria dessa dimensão, ou seja, um modo de ser que segue determinados princípios e que permite identificar possibilidades no curso do acontecer psíquico. Por exemplo, a experiência mostra que o cansaço dificilmente produz alegria. Porém, não é possível extrair dessa realidade uma regra – aplicável à qualquer circunstância e a todas as pessoas – mas sim, é possível tomá-la como uma referência que situa o observador, oferecendo um grau mínimo de previsibilidade.

Tal legalidade evidencia que a vida psíquica possui uma causalidade, ou seja, que há uma ligação entre os estados psíquicos, embora não se trate de uma relação direta de causa e efeito. Segundo Stein (2005), o elemento contínuo ou a qualidade psíquica permanente responsável por essa relação é a *energia vital*. Isso me ajudou a compreender o porque da pouca adesão das crianças da *Ampliada* às histórias da *Felicidade do Carmo*. De fato, via que algumas crianças expressavam claramente um estado de cansaço, adormecendo no canto da sala, outras se isolavam na sua tristeza ou manifestavam dificuldade de interagir e até mesmo de comer. Tratava-se, visivelmente, de estados vitais de esgotamento e mal-estar que, em lugar de agregar, consumiam a energia vital, restando pouca, ou quase nenhuma, disponibilidade para a apropriação de novas experiências.

Por outro lado, essa não era uma regra geral para todas as crianças, pois algumas se envolviam com a história, relembravam, pediam para ouvir novamente, e até para serem os protagonistas na contação. Nestes casos, apesar de viverem em contextos semelhantes e de vivenciarem situações de conteúdo semelhante às das primeiras, tais crianças reagiam de modo diferente ao que era apresentado. A compreensão dessa diferença – de comportamento e de estado vital – implicava em um olhar para a singularidade e para a vida interior das crianças.

Considerando o papel da *força vital* na vida psíquica, Stein (2005) afirma que a quantidade de força difere de pessoa para pessoa, tanto pelas condições atuais como pelo fato de que o máximo de *força* de uma pessoa pode não coincidir com o máximo de outra, ou seja, o *quantum* de energia vital é uma característica individual. Apesar de não ser possível identificar a quantidade de energia a cada momento, experiências como essas evidenciam os traços individuais.

Vimos que a força vital tem um papel central na vida psíquica e que os estados de ânimo refletem determinado *quantum* de energia,[6] podendo inclusive consumir ou promover um acréscimo desta. A ira, a tristeza e o cansaço se inserem no primeiro grupo, enquanto a alegria e o frescor são estados que "alimentam" a força vital. Até aqui me referi aos estados vitais, permanecendo no âmbito da dimensão psíquica. Mas para compreender melhor a experiência da contação de histórias e o objetivo com o qual ela foi pensada, ou seja, o aumento da percepção de si, a identificação das próprias emoções e a adesão das crianças a determinados valores, é preciso adentrar um âmbito diferente do psíquico, que é a vida do espírito.

A possibilidade de se perceber (consciência de si), de refletir, de captar um valor e aderir livremente a ele, dizem respeito à dimensão espiritual da pessoa, identificada por Edith Stein (1999b) como o âmbito das vivências intencionais do "eu". Assim como na vida psíquica, aqui também é possível identificar uma ligação entre as vivências (ou atos intencionais). Porém, nesse caso, o elemento de permanência não é a força vital, mas sim, o próprio "eu", que realiza determinada ação motivado pelo ato anterior. Ou seja, porque

---

[6] Embora não seja possível medi-la, a experiência mostra se há pouca ou muita energia disponível.

o ato anterior possui um determinado sentido este mesmo sentido torna-se o motivo para a realização do ato seguinte (STEIN, 1999b). Desta forma os motivos podem dar origem a um querer e a um agir e orientam a ação em determinada direção, de acordo com o sentido captado.

No entanto, o motivo não é suficiente para que a ação aconteça de fato, pois se faz necessária uma quantidade mínima de força vital para colocar em prática o sentido apreendido. Mais ainda, é necessária determinada força vital para que o sentido seja captado, para que exista uma receptividade da pessoa ao valor, ou ao sentido, que se apresenta. A esse respeito, Edith Stein (1999b, p. 106) afirma que "é necessária determinada quantidade de força vital para que se verifique qualquer atividade do eu". Quanto mais alguém se sente cheio de força, mais acordado (vigilante) estará o seu olhar espiritual; mais intenso será o seu dirigir-se em direção a um objeto e, portanto, mais viva será a sua compreensão.

Aportados esses elementos é possível especificar o que foi acima denominado como "falta de disponibilidade para a apropriação de novas experiências", ao afirmar a pouca energia vital das crianças. Nesse caso, entende-se que a dimensão psicofísica era tão exigida que não havia *força vital* suficiente para acessar o sentido apresentado, ou ainda, para que o "eu" levasse a cabo – como uma iniciativa própria e livre – a realização do sentido acessado e apropriado. Além disso, e aqui incluo um novo elemento, o estado vital momentâneo também influencia na possibilidade da pessoa ser invadida por um sentimento compatível com o valor apresentado. Por exemplo, se a criança encontra-se em um estado de esgotamento ou de tristeza e escuta uma história alegre ou experimenta a atenção e a solidariedade de um educador ou de um colega, ela pode até captar a alegria inerente a essas situações e ter seu estado transformado, experimentando de fato a alegria. Mas pode acontecer também, de que o estado dominante permita a captura da alegria, contudo não em todo o seu potencial. Nesse caso, a situação pode suscitar atenção, certo bem-estar ou simpatia da criança, que não chega a alegrar-se. Por fim, o estado momentâneo pode anular completamente a alegria, impedindo que ela nasça (STEIN, 1999b).

  Situações como esta eram testemunhadas quase que diariamente, tornando-se motivo de frustração, angústia e questionamentos por parte da equipe. O que vivem? O que sentem? Do que gostam? O que faz sentido para essas crianças? Quais seus valores? Como acessá-las? Evidenciava-se um hiato entre o seu mundo e o mundo do projeto. De um lado, grande parte da energia vital das crianças estava voltada à sobrevivência e à autoproteção, sendo as relações regidas prioritariamente pela emoção, ou seja, pela reação psíquica a um ambiente hostil e ameaçador, e pelo fechamento, como é próprio dessa dimensão. Por outro lado, a equipe focava sua energia na oferta de atividades e vivências que exigiam certa maturidade – ainda não alcançada pelas crianças – da dimensão espiritual, tais como o autodomínio e o cuidado com o outro. Portanto, enquanto no mundo das crianças prevalecia a vida psíquica, no mundo do projeto a ênfase estava na vida espiritual. Era necessário um caminho de integração de ambas as partes, a fim de que o encontro fosse possível.

  A equipe iniciou então um caminho de expressão e acolhida mútua das emoções suscitadas e dos desafios e sofrimentos vivenciados por cada membro. O partilhar dos medos, das decepções, das ameaças, dos descontroles e limites nos tirou do isolamento e nos ajudou a valorizar o espaço de troca e de formação como condições essenciais para o avanço do projeto. Com relação às crianças, o que pudemos vislumbrar foi a necessidade de ouvir mais e propor menos e, conforme expresso anteriormente, de oferecer um espaço para um encontro pessoal humano menos ameaçador, que permitisse às crianças se expressarem livremente, desvelando o seu mundo e a sua dinâmica própria: a "salinha".

No início dos atendimentos, eu convidava uma criança por vez a entrar na salinha, priorizando, conforme relatado, aquelas que eram mais difíceis de acessar no grupo, porém também respeitando o tempo de cada uma. Aos poucos, a salinha foi se tornando conhecida e o atendimento passou a ser feito prioritariamente a partir da livre demanda das crianças. Era interessante notar os movimentos de aproximação de cada criança. Algumas pediam de modo muito rápido e direto para serem atendidas e tinham a necessidade de permanecer por longo período lá dentro. Outras se aproximavam lentamente, às vezes vinham espiar pela janela ou ficavam rodeando como que esperando um convite. Outras ainda manifestavam a vontade de entrar, mas pediam para vir acompanhadas de algum colega, o que parecia lhes trazer mais conforto ou segurança. Finalmente, havia aquelas que nos surpreendiam, quando após diversos convites negados, a ponto de nos fazerem acreditar que não se interessariam pela salinha, demonstravam um "sinal verde" que permitia a aproximação e o atendimento.

Como exemplo, podemos citar um dos meninos que, após alguns convites, passou a fugir da minha presença quando eu interagia com as crianças no pátio. Certo dia, enquanto eu estava sentada na sala ajudando uma menina na lição, ele entrou silenciosamente, colocou um desenho seu na minha frente e saiu correndo. Algum tempo depois fui atrás dele com o desenho e iniciamos um diálogo que terminou na salinha.

A maioria dos atendimentos era pontual e se caracterizava mais como uma forma de "catarse" que ajudava as crianças a "distensionar" e aliviar o mal-estar ou a inquietação interior que tendia a se manifestar por meio do corpo, na forma de chutes, xingamentos e provocações. Como vimos, de fato a relação com o mundo e com o outro acontecia pela reação e pelo contágio psíquico, de modo que um "bate-boca" entre duas crianças rapidamente se transformava em uma briga de muitos, que se amontoavam no chão trocando chutes e socos. O modo violento de se relacionar parecia estar naturalizado e, mais do que isso, era um valor tanto para as crianças como por alguns pais, que entendiam a agressão física como a única forma de impor respeito e garantir a sobrevivência.

Esse quadro coloca em evidência a dificuldade enfrentada pela equipe para introduzir o diálogo e a reflexão com as crianças, e aqui Edith Stein (2005) ajuda a compreender o problema quando apresenta um importante componente da vivência que é o grau de tensão do viver. Segundo a autora, quanto maior o grau de tensão de uma vivência, menor a possibilidade da pessoa refletir sobre ela e de se perceber. Daí a importância de dar espaço na "salinha" para essa livre expressão que possibilitava acalmar as crianças e "baixar a poeira" a fim de que elas passassem a enxergar com maior clareza o seu estado vital momentâneo, e pudessem dar espaço para um agir mais livre e motivado, e menos reativo. Não foi por acaso que algumas crianças se referiam à salinha como um "lugar de paz", de apaziguamento interior.

Esse papel de apaziguamento permaneceu e permanece forte na experiência da "salinha", mas, ao contrário do que se poderia esperar diante desse contexto adverso, foi possível testemunhar transformações e avanços para além da mera catarse. De modo geral, ao longo do tempo houve uma diminuição espontânea dos conteúdos de violência representados nos desenhos ou nas histórias das crianças e as produções passaram a ter um caráter mais autoral e menos padronizado. Por exemplo, no início muitas crianças desenhavam o "palhaço assassino" e, cóm o tempo, essa figura foi perdendo a força para dar espaço a conteúdos mais pessoais, como uma cidade no fundo do mar ou um super-herói que sai da sua cidade para uma grande missão e quando volta não encontra mais a sua comunidade, que fora destruída. Essa passagem, do "senso comum" para a individualidade, foi um marco importante para as crianças no sentido do desvelamento de si e da força presente em uma produção enraizada na própria singularidade.

À medida que os conteúdos se tornavam mais pessoais, era possível conhecer melhor cada criança e os sentidos que elas atribuíam às suas experiências. Nesse caso, evidenciava-se a afirmação de Edith Stein (2005) a respeito dos atos motivados, ou seja, de que o conteúdo de sentido de um ato pode motivar uma pessoa e não se tornar motivo para outra, dependendo da trama de sentidos construída ao longo da história de cada uma. Isso permite compreender os diversos modos como cada criança se relaciona com experiências semelhantes, por exemplo, a contação de histórias. Além disso, ao longo do tempo, foi possível reconhecer as formas privilegiadas de expressão de cada criança. O desenho se diversificou em colagem, confecção de livros em miniaturas, esculturas de argila, o jogo do rabisco, batalhas de rap, brincadeira de mamãe e filhinha, montagem de Lego, histórias dos "Vingadores" e leitura.

Essas experiências podem ser reconhecidas como uma fonte de força vital para cada criança, ou seja, como vivências intencionais que portam novos fluxos de força, transformando o estado vital momentâneo. Um exemplo apresentado por Edith Stein (1999b) a respeito dessa realidade é quando estamos em um estado de cansaço muito grande, nos sentindo sem vida e começamos a ler um livro de que gostamos muito e somos tomados de entusiasmo pela sua beleza. Essa transformação é descrita da seguinte forma:

> Em um primeiro momento talvez será difícil conseguir encontrar entusiasmo – a força que me é dada é de fato suficiente apenas para poder viver este conteúdo – mas pouco a pouco ele começa a afluir, me invade sempre mais e acaba por me inundar completamente. O cansaço se vai e eu me sinto renascida, fresca, vivaz, cheia de estímulos para uma nova atividade vital (STEIN, 1999b, p.108).

Transformação semelhante ocorreu com um dos meninos que se aproximou da salinha a partir da leitura. Conforme descrito anteriormente, tratava-se de um menino extremamente fechado e pouco expressivo. Ele mantinha seu corpo enrijecido diante das manifestações afetivas, como abraços e beijos, e apesar de observar bastante e de participar das atividades, quase não falava. Após vários convites negados para ir desenhar na salinha, para minha surpresa, ele apareceu um dia, espontaneamente, trazendo um livro. Perguntei se ele queria desenhar e ele acenou com a cabeça que não. Sentou-se de frente para mim, colocou o livro na mesa e o apontou. Perguntei se queria que eu lesse e ele respondeu de forma afirmativa. Li durante 20 minutos e ele escutou atentamente. Sua expressão se transformava conforme a leitura avançava, e ele chegou até a gargalhar em um trecho da história. Entretanto, quando eu tentava acessá-lo diretamente ele se fechava novamente. Nosso contato era por meio do livro. Paralelamente, ele também passou a participar ativamente do momento de leitura em sala, pedindo para ler em voz alta no lugar da educadora. A leitura foi, portanto, um canal privilegiado que lhe permitiu encontrar seu lugar no projeto e entrar em relação com o outro.

Finalmente, pude testemunhar avanços em direção ao fortalecimento da dimensão espiritual em algumas crianças, principalmente em relação ao desenvolvimento da percepção de si e do autocontrole, da possibilidade de reflexão a respeito do sentido de "força", ampliando esse sentido para além da expressão física, e da realização de uma ação livre do eu.

No primeiro caso, cito uma cena ocorrida na salinha entre dois meninos que começaram um "bate-boca" em meio a um jogo. Em uma situação "normal" era esperado que rapidamente as agressões verbais se transformassem em tapas e chutes. Entretanto, um dos meninos, em vez de revidar uma provocação, pediu que o outro se afastasse porque bateria nele, ou seja, ele conseguiu perceber a sua raiva e anunciar que estava prestes a perder o controle. Embora sutil, podemos afirmar que houve uma transformação importante no sentido de reconhecimento de um estado vital e de um pequeno hiato de liberdade entre o sentir, o anunciar, e a efetivação da ação reativa.

No segundo caso, foi feita uma reflexão com um pequeno grupo a respeito do conceito de força, uma ação motivada tanto pelas frequentes ocorrências de brigas no projeto, como pelo tom de disputa de poder presente nos relatos dessas ocorrências. Parecia ser inconcebível para uma criança admitir que houvesse apanhado. As conversas sempre giravam em torno de quem bateu mais, como forma de conquistar o respeito e o temor dos outros. Além disso, na mesma proporção em que a agressão física era valorizada, o diálogo era minimizado, como demonstra a seguinte frase de uma menina, ao falar sobre os conflitos vivenciados na escola: "Não tem conversinha não, vou logo batendo". Apesar desse contexto, fui surpreendida ao questioná-los a respeito de outros tipos de força conheciam, que não a física. Como provocação, perguntei se uma senhora idosa poderia ser forte. A princípio riram dizendo que não, mas afinal chegaram à conclusão de que pessoas fisicamente fracas podem ser fortes de outras maneiras, como é o caso de uma mãe que cria os filhos sozinha, ou de uma pessoa que enfrenta uma doença grave.

Por fim, citamos a realização de um ato livre do eu por um menino de 11 anos, que após ter negado o convite de vir para a "salinha", por reconhecer que estava muito nervoso naquele dia, reconsiderou sua decisão pelo mesmo motivo pelo qual havia negado. Ao dizer que não queria ir devido ao nervosismo, mas que decidira positivamente porque achava que lhe faria bem, ele realizou um ato livre da vontade. Aderiu a um valor pela "força de vontade",[7] apesar de o estado psicofísico não tender para essa direção.

Considerações finais

A descrição e compreensão da experiência relatada ilustra a influência de um contexto adverso e de situações limites na vida das pessoas. O estado vital das crianças do projeto (de esgotamento e mal-estar) e a trama de sentidos tecidas a partir de vivências nesse contexto (que acolhe a agressão física como um valor), evidenciam essa influência. Por outro lado, o mesmo relato demonstra diferentes respostas das crianças a uma mesma situação (como na atividade de contação de histórias), o que nos permite afirmar que o contexto influencia, mas não determina a vida da pessoa.

---

[7] "Por 'força de vontade' se pode entender também a capacidade para levar a cabo, apesar de todas as inibições internas, o que parece necessário para a pessoa, o que a pessoa vê que é um estado de coisas que deve realizar-se" (STEIN, 2005, p. 311).

Edith Stein (2005) nos ajuda a compreender essa realidade ao apontar para os diferentes elementos que participam da vida interior da pessoa (força vital, motivação, força de vontade, estado vital) e para as variações que eles sofrem de acordo com cada singularidade. Sendo assim, Stein aponta para a insuficiência de uma compreensão da experiência exclusivamente a partir da exterioridade (contexto e comportamento) e nos convida a manter uma abertura para o imprevisível que insiste em surgir e que deve ser considerado não com surpresa, mas como uma característica própria do humano.

Referências

OTONDO, Catherine; PESSOA, Jorge; GROSSBAUM, Marcia; GRINOVER, Marina. Projeto de habitação social para a comunidade da Favela da Linha na Vila Leopoldina. *Revista eletrônica de Arquitetura e Urbanismo da Universidade São Judas Tadeu*, n, 3, p. 147-171, 2010. Disponível em: <https://www.usjt.br/arq.urb/numero_03/10arqurb3-marina.pdf >. Acesso em: 21 fev. 2019.

STEIN, Edith. Contribuiciones a la fundamentación filosofica de la psicología y de las ciencias del espiritu. In: STEIN, Edith. *Obras completas II: escritos filosóficos (etapa fenomenológica: 1915-1920)*. Burgos: Monte Carmelo, 2005. p. 207-520.

STEIN, Edith. *La vita come totalità:* scritti sull'educazione religiosa. Tradução de Tereza Franzosi. Roma: Città Nuova, 1999a.

STEIN, Edith. *Psicologia e scienze dello spirito: contributi per una fondazione filosófica*. 2a. ed. Apresentação de A. Ales Bello; Tradução de Anna Maria Pezella. Roma: Città Nuova, 1999b.

CAPÍTULO V
Núcleo da pessoa como centro pessoal da alma humana:
com Edith Stein para uma Psicologia com alma

Miguel Mahfoud

> Acontecera que as coisas se destruíssem
> sem que nelas sobrevivesse
> E era tarde.
> Sozinho em tempos não fora a falta de ninguém
> E o que doía não tinha o quisto da doença
> Só o espaço sereno das coisas que se deixam.
> Acontecera que nada se fizera fora
> Do coração.
> Acontecera que passara a noite a abrir os olhos
> Para não se interromper
> A estender a mão para estar vivo
> E certo de que nem ele próprio
> se abeiraria de si mesmo
> Pois ocupara-se rigorosamente de ausentar-se.
> Mesmo se caminhara muito devagar
> Sem outro meio para esperar que o visitassem.
> Ele que é agora o que nunca repousou
> O que nunca encontrará o sítio do sossego
> A não ser que haja o equilíbrio na vertigem
> Uma luz parada no meio da voragem.
> (FARIA, 2016a, p. 54)

A inconsistência das coisas aponta a do próprio viver: Parece ser tarde demais; já não haverá chance de reverter esse processo? O tempo se esvai no correr da vida em que nada parece sobreviver, despontando solidão a despeito de pessoas à volta e dor mesmo na saúde. O solitário e lento caminhar esconde e revela a ânsia por ser encontrado e visitado. Assim, sem repouso, afasta, com cada passo, um lugar no mundo que pudesse ser efetivamente seu; afasta a esperança do sossego que vem da realização pessoal. Nas noites em claro: mudos pedidos, ansiosa espera desacreditada. Mãos estendidas a quem? O desalento do nãolugar e a solidão brotam do solo árido da ausência de si para si mesmo, rigorosamente mantida na ocupação diária sem "eu", ação após ação. Não houve, nem há ou haverá repouso e sossego para ânsia que não tem abertura para resposta. A não ser... A não ser que haja uma luz firme e fixa no meio do inevitável turbilhão da vida pessoal; a não ser que haja equilíbrio em meio à vertigem do vazio da existência não se realizando...

O poeta português Daniel Faria (2016a, 2016b), com a agudez e lucidez que lhe caracterizam, aponta dramas e paradoxos, fechamentos e aberturas próprias do ser humano. Com imagens fortes e metáforas profundas, convida cada um de nós a reconhecer as próprias vivências pessoais em sua complexidade: de modo particularmente interessante, ele aponta a multiplicidade de tendências vividas pela pessoa humana, seus desejos e ânsias, em meio a dúvidas e vazios existenciais, além de dar conta da unidade intrínseca das dimensões da estrutura da pessoa humana como corpo-psique-espírito, e da difícil relação entre interioridade pessoal e relações interpessoais. Ele chega, inclusive, a evidenciar o emergir da vida pessoal como mistério, apontando a inapreensibilidade do que cada um de nós, no fundo, é. Fugidia, mas presente, a pessoalidade e as tomadas de posição do eu no mundo são advertidas a partir de um centro pessoal, ineliminável, em que a relação consigo mesmo e a relação com o divino podem ser efetivadas. Um núcleo pelo qual cada um pode tomar posições próprias em cada experiência, além de responder ao acontecimento da vida mesma. A relação com uma presença em nós mesmos nos dá condições de habitar o mundo da vida de maneira pessoal, assim como viver silêncio, quietude e liberdade.

Tomamos aqui diversos poemas de Daniel Faria como acesso experiencial a instâncias e dinâmicas tematizadas por Edith Stein quanto ao *núcleo* da pessoa: *centro* pessoal[1] considerado por ela como *"alma da alma"*, responsável pela dinâmica propriamente humana, atualizada de modo único pela pessoa singular, viabilizador da unidade entre corpo, psique e espírito em soluções e dinâmicas únicas e irrepetíveis; responsável pela ancoragem de toda vivência, de modo que o resultado das elaborações não seja algum tipo de dispersão, mas formação e constituição da própria pessoa em um processo sem termo.[2] *"Fundo da alma"* inapreensível,

---

[1] "'Ter uma alma' significa possuir um centro interior em que converge sensivelmente tudo o que provém do externo, de onde emerge tudo o que no corpo aparece como proveniente do interior". (STEIN, 2013, p. 64)
"É a alma que vive em todos os atos espirituais e sua vida interior é uma vida espiritual. Contrastamos espírito e alma, mas isso não deve ser entendido como se um exlcuísse a outra e vice-versa. A "alma da alma" é espiritual e a alma como totalidade é um ser espiritual cuja característica é ter uma interioridade, no centro, do qual ela deve sair para encontrar os objetos e ao qual ela conduz tudo o que recebe do exterior; um centro desde o qual ela pode também doar si mesma para o exterior. Aqui está o centro da existência humana". (STEIN, 2013, p. 178)

[2] "O núcleo, sendo o momento unitário do ser humano, tem uma conotação psíquica e uma espiritual, correspondentes às duas dimensões fundamentais que o constituem. E. Stein escreve [em Psicologia e ciências do espírito] que

mas advertido no fluir da vida pessoal com permanência de características próprias a cada sujeito durante as diferentes elaborações da experiência e seus processos de mudanças ao longo do ciclo de vida.[3]

O poeta (FARIA, 2016a, p. 76) sabe bem que o percurso de vida da pessoa frequentemente lhe resulta pesado:

> Não me verga a velhice nem o peso do crâneo
> Mas os olhos cansados na dor de te não ver.
> O chão tornou-se a última paisagem.
> No mais longínquo da terra te levantas
> E vejo erguer-se a poeira dos teus pés.

O peso da velhice e da corporeidade tende a dirigir nosso olhar para baixo: cabisbaixos, miramos o imediato e restrito. Também, na dor pela ausência de alguém: a da pessoa amada, a da pessoa que nem chegou a fazer parte de nossa vida; a ausência de si mesmo na ação, na relação com outros ou na própria interioridade; a ausência do sagrado no instante, não reconhecido em si ou no mundo... Na dor de não vê-los, os olhos cansados: pesam e limitam nossa sensibilidade, restringem o horizonte da elaboração da

---

a vida espiritual do indivíduo é determinada pela singularidade desse núcleo; porém, o núcleo é algo novo com relação à própria vida espiritual e nem mesmo um conhecimento completo da vida espiritual ou da vida psíquica seria suficiente para apreendê-lo na sua inteireza. O núcleo parece coincidir com a alma porque ambos – o núcleo da pessoa e o ser da alma determinado pelo núcleo – não mostram capacidade de desenvolvimento alguma, enquanto que tanto as capacidades psíquicas como as espirituais sim". (ALES BELLO, 2003, p. 131)

[3] "É impensável, para o núcleo, outro ser além de um que se atualize na vida espiritual e, por isso, – enquanto vida atual e atualização de potências – configure um caráter e progressivamente o transforme. Por isso, deve-se falar de pessoa que continuamente muda, ainda que o núcleo, que determina desde o interior todo o processo de configuração, não se configure ou mude dessa maneira". (STEIN, 2007a, p. 368)

experiência e a paisagem se torna a dureza da materialidade onde restringimos nosso viver. Porém, a materialidade limitante mesma, vivida como dolorosamente restrita, acaba por evidenciar sinais de extensão e complexidade maiores: vergados em direção ao chão pelo peso da ausência, podemos advertir um sinal de presença no erguer-se da poeira dos pés, elevando nosso olhar e nossa atitude de espírito; da experiência de dureza e peso, a surpresa da leveza rompe a solidão no reconhecimento da alteridade.

Na própria condição de desalojados de nós mesmos e desabrigados do mundo, justamente por estarmos inquietos e sem rumo, podemos colher a "amplitude" que a vivência de estreitamento mesma reclama (FARIA, 2016a, p. 77): *"Sem séde nem repouso / Perdido no andar nos lembra / A amplitude"*.

Cada um encontra sinais evidentes de horizontes amplos da própria vida no tempo e espaço limitados. Tornam-se referências fortes para viver de modo aberto as circunstâncias estreitas. A ruptura ou perda de tais referências pode ser vivida como percepção da incapacidade de lidar com os desafios da vida pessoal e social, ou mesmo vivência de desamparo. Desamparo esse não superado por soluções artificiais – desancoradas da própria experiência – por não terem condições de substituir as referências fundantes, as que geram familiaridade para com o mundo e para consigo mesmo (FARIA, 2016a, p. 84):

> Quando o pirilampo morreu
> O homem disse: fiquei cego
> Mesmo continuando a ouvir os ralos
> Não acharei o caminho para casa
> Tinha roubado um pára-raios velho
> E pondo-o à cabeça esperava
>
> A mãe.

Na relação com os pesados elementos do mundo, podemos advertir leveza e, com ela, podemos chegar a gritar por socorro a quem quer que seja: "*Socorre-me, devolve-me a leveza / Da tão primeira nuvem que avistares*" (FARIA, 2016a, p. 60).

Manter-se na falta de luz de sentido é mesmo insuportável. Daí o grito pela leveza. Paradoxalmente, podemos insistir em nos adaptar à escuridão do *non sense* como se um planejamento e autoconstrução – por força das simples escolhas – pudessem nos bastar. Os instrumentos de autoconstrução poderiam até mesmo nos aniquilar na busca por afirmação do que eles não podem nos oferecer: "*O homem cercou-se de noite / E com a foice que trazia e ceifava / Cortou os pulsos procurando o sol / E as pupilas à procura de água*" (FARIA, 2016a, p. 70).

Núcleo da pessoa como centro pessoal

Advertimos a urgência de leveza em meio ao peso do viver, buscamos sinais de luz na noite de sentido, sabemos que o processo de formação da própria pessoa não tem chance de se dar a partir de referências artificiais sob o risco de mutilação do eu, resultando em diversas formas de alienação. Então, aquele grito por socorro é expressão do próprio *coração*,[4] é vida ativa do próprio centro pessoal: um eu que deseja profundamente ser si mesmo, um eu que pode identificar-se com a vida pulsante no âmago de si mesmo, *centro* pessoal fundamento de nossa própria pessoalidade, dinâmica do corpo, da psique e do espírito pessoais. Esse coração nos dá condições pessoais de tocar a concretude e a dureza do existir. E é presença segura e calorosa – ainda

---

[4] Sobre a imagem do coração como centro pessoal em Edith Stein, cf. Savian Filho, 2016.

que fugidia e misteriosa – a nós mesmos: companhia não alienada ao nosso próprio eu, pulsando em cada passo na história concreta (com sua materialidade e cultura). *Núcleo* pessoal que pode ser com liberdade acolhido pelo eu para chegar a ser si mesmo, podendo superar artificialidades no cuidado para consigo mesmo; podendo desarmar a orfandade e o desamparo que tendemos a experimentar no mundo e em nossa própria pessoa.

Nossa urgência é de um "coração nuclear", vivo e forte a ponto de nos mover desde dentro (desde o âmago de nós mesmos) com consistência e intensidade, para nos desalojar das inautenticidades, como quem cuida de feridas de nascença:

> Um coração de sangue
> Um coração de xisto e aço
> Um coração angular e redondo
> Como pedra que te abre
> Do interior do chão
>
> Um coração solar
> De granito
> De carne
> Curado da noite de nascença
>
> Um coração de homem
> Um coração de homem vivo
> Um coração de criança ao colo
> Interior
> – Mais interior do que o sangue no coração que me darás –
>
> Peço um coração
> Nuclear.
> (FARIA, 2016a, p. 64)

Núcleo da pessoa: mais interior que o sangue no coração, mais acolhedor de nós mesmos que qualquer colo de alguém, vida mais pessoal que qualquer vitalidade de relação interpessoal. Tão nuclear a ponto de estruturar corporeidade, vida afetiva e tomadas de posição no mundo, a cada pulsação sua. Nesse centro de vida pessoal, cada um pode se reconhecer recebendo a vida e, com seus critérios pessoais próprios, pode livremente se tornar responsável por ela.

De fato, apartados desse centro-pessoal, tudo é estranho: experienciar não nos devolve a nós mesmos, o que nos ilumina por dentro não altera o peso do que se vive fora... (FARIA, 2016a, p. 56):

> Estranho é o sono que não te devolve.
> Como é estrangeiro o sossego
> De quem não espera recado.
> Essa sombra como é a alma
> De quem já só por dentro se ilumina
> E surpreende
> E por fora é
> Apenas peso de ser tarde. Como é
> Amargo não poder guardar-te
> Em chão mais próximo do coração.

Pelo contrário, mesmo com nossas fragilidades e rupturas pessoais podemos nos achegar ao coração, podemos acessá-lo em nosso próprio âmago, para lidar com as fragilidades e, mais importante ainda, para nos associarmos à vida mesma e formarmos aliança com tudo. Mesmo com nossas fragilidades e rupturas, com "um pulso aberto", (FARIA, 2016b, p. 66-67) podemos reconstituir aliança conosco mesmos e com a vida:

> Posso escrever com ele a abertura
> A passagem para dentro

> Os umbrais na própria carne
> Pôr o coração no interior para soldar
> Uma pulseira humilde. Uma aliança
> Com o que respira.

    Surpreende-nos: é perceptível a reconstituição de vida pessoal naquele "chão mais próximo do coração", naquela "passagem para dentro", naqueles "umbrais na própria carne"; é reconhecível a liberdade de poder dirigir o próprio eu a seu centro e ainda "pôr o coração no interior". Surpreende-nos atingir um campo interior e desejar ainda adentrá-lo, mais e mais; identificar o próprio centro pulsante e desejar adentrá-lo ainda: mesmo na identificação experiencial do eu no campo reconhecido como centro e interioridade, um centro de si mesmo ainda se insinua como alteridade constitutiva: a interioridade é ainda uma espécie de exterioridade de um núcleo ao centro de nós mesmos e de toda experiência de si. O processo de ir ao "chão mais próximo do coração" não tem fim; "mesmo no interior do quarto" pessoal, o aprofundamento na própria interioridade não se esgota; a elevação a partir de cada degrau de materialidade ou mesmo de experiência de si, não se esgota: "inúmeros degraus da casa" pessoal a nos chamarem a sempre novos passos. Mesmo tendo alguma experiência de si e da própria interioridade, somos convidados a ascender por sempre novos e "inúmeros degraus" a serem palmilhados um a um, sempre novos, sempre outros, ainda além:

> Mesmo no interior do quarto
> És o lado de fora da casa
> Os inúmeros degraus da casa. A mais antiga
> Criança subindo-os um a um. (FARIA, 2016a, p. 36)

    O eu pode estar presente na ação e, mesmo assim, inapreensível, inesgotável, relutante a qualquer tipo de objetivação.

Nele, o centro pessoal é advertido como núcleo de toda experiência e de si próprio; mesmo assim, sempre mais centro, sempre adentrável. Na experiência mesma, no próprio eu advertido, podemos reconhecer uma alteridade imanente, uma presença na interioridade pessoal a nos convidar a ir mais além, para a sempre mais radical "aliança com o que respira", para a sempre mais elevada – ou mais profunda – afirmação do ser.

Surpreende-nos também o fato de aquele convite não cessar: coisa alguma inviabiliza subir os infindos degraus um a um. Mesmo cabisbaixos e focados na restrita materialidade, podemos advertir sinais da amplidão e da leveza a que nosso coração não deixa de aspirar. Mesmos distraídos de nós mesmos, empenhados na exterioridade, um incômodo adverte a presença do eu a se sentir fora de casa. Ainda que distraídos de nossa tarefa existencial de "pastorear o ser",[5] a voz e a canção de uma alteridade em nós não emudece: *"Ainda que adormeçam os pastores / Não se há de tresmalhar a canção / Do forasteiro"* (FARIA, 2016a, p. 29).

"O homem é uma caverna / O cântaro o seu segredo" (FARIA, p. 2016a, p. 72): A interioridade pessoal não clara a si mesma, espaço a ser descoberto, conhecido, conquistado, habitado, não deixa de estar lá à espera e a nos instigar a adentrá-la. Nenhuma atenção sistemática à exterioridade chega a alterar que "o homem é uma caverna" e que contenha em si um "cântaro", outra interioridade, fecunda, a permanecer silenciosamente ali, como um grande segredo. Nenhuma distração poderá negá-lo. E, por outro lado, *"só*

---

[5] "O homem não é senhor do ente. O homem é o pastor do ser. Neste 'menos' o homem nada perde, mas ganha, porquanto atinge a verdade do ser. Ele ganha a essencial pobreza do pastor, cuja dignidade reside no facto de ter sido chamado pelo próprio ser, para guardar a sua verdade". (HEIDEGGER, 1998, p. 66).

um ouvido à escuta poderá fendê-lo" (Idem). Somente a atenção, o silêncio, permite identificá-lo, permite recebê-lo, permite ser fecundado pelo que ele contém e guarda.

Um cântaro, segredo da caverna, sutil interioridade da interioridade, é acessível pelo sujeito que aceita conhecer – com contemplação, com atenção acolhedora, com "ouvido à escuta" – o acontecimento de sua subjetividade; pelo sujeito que aceita agir mantendo essa escuta e esse silêncio, de modo que possa surpreender-se na própria ação e surpreender-se com a fecundidade que vem de seu segredo interior, a fecundidade da própria experiência plena de significado autenticamente pessoal. Trata-se de uma possibilidade inalienável, ponto estável na pessoa, segredo à espera de fecundar a ação e a própria pessoa. Eis o *"equilíbrio na vertigem / Uma luz parada no meio da voragem"* (FARIA, 2016a, p. 54), o ponto de estabilidade possível em meio à instabilidade pessoal e das circunstâncias, ponto de luz não alienada, possível ponto orientador nas mudanças contínuas do viver, segredo à nossa espera para fecundar a aridez da solidão radical e do *non sense*.

Trata-se de empreender um caminho de aprofundamento. Ainda que não tenhamos forte clareza do centro pessoal e de sua fecunda e potente presença em nossa pessoa, o fato de ser advertido, ainda que vagamente, sempre pode abrir novas possibilidades de elaboração autêntica da experiência. Ainda que percebamos sua inacessibilidade, sua presença é marcante também para a consciência do sujeito a respeito de si mesmo e do mundo. Ainda que o centro pessoal não seja forjado pela elaboração da experiência do sujeito ou por sua história de vida, o núcleo entra potentemente na história e no tempo: *"Esperar é um modo de chegares / Um modo de te amar dentro do tempo"* (FARIA, 2016a, p. 63). Vislumbrá-lo ou mesmo intuí-lo pode já possibilitar o avanço em direção a ele, pode já colocar o sujeito em atenção à própria experiência, pode já potencializar sua capacidade de ação, atenção e silêncio, pode já amar a alteridade em si mesmo, amar a si mesmo e à vida, e marcar seu tempo e seu mundo assim. "*E tu baloiças pelos olhos dentro / Inundando de paisagens a ceguez*" (Faria, 2016a, p. 28).

Núcleo e unidade da pessoa

Por um lado, trata-se de adentrar a interioridade que nem ao menos tem espaço, posto ser de ordem espiritual; por outro, trata-se de colher uma presença viva e atuante na pessoa, em sua totalidade e concretude, em seu corpo, psique e espírito, inclusive da pessoa em seu mundo, com sua historicidade. "*Caminho sem pés e sem sonhos / Só com a respiração e a cadência / Da muda passagem dos sopros*" (Faria, 2016a, p. 62). No fluxo de vivências do acontecer da vida corporal e psíquica, podemos apreender, em meio às constantes mudanças e alterações, o eu que o vive. Na respiração e nas cadências da corporeidade, é possível colher o sopro de vida também na dimensão espiritual. Nessa mesma vivência do corpo e da psique, posso apreender o eu que "caminha sem pés", eu que não poderia se reduzir a corpo nem a psique, e – paradoxalmente – caminha com a respiração, com o pulsar de seu corpo vivo. O eu tem seu percurso espiritual, não redutível à corporeidade e à psique, mas vive na pessoa integral; tem percurso espiritual mas não desencarnado da pessoa ou acima da história. Trata-se de liberdade própria do ser humano, não de espiritualismo: "*Avanço sem jugo e ando longe / De caminhar sobre as águas do céu*" (Faria, 2016a, p. 62).

É devido a essa unidade profunda entre todas as dimensões da pessoa que, com pulso aberto "*posso escrever com ele a abertura / A passagem para dentro / Os umbrais na própria carne / Pôr o coração no interior*" (Faria, 2016b, p. 67), mesmo com os limites da corporeidade, com ele posso tomar posições pessoais, dar direcionamento espiritual e, inclusive, aprofundar sempre mais a interioridade.

Trata-se de unidade tão profunda que nem mesmo a ideia de vaso contendo algo de outra natureza dá conta de expressá-la: "*Um vaso não, outra coisa qualquer que não consigo / comparar às coisas da terra – um lugar tão verdadeiro / Que mesmo a luz em suas praças, pátios e alpendres / Só imprecisamente é capaz de assinalar*" (FARIA, 2016b, p. 86).

A unidade radical expressa mais que interdependência entre corpo, psique e espírito e seus funcionamentos integrados; permite apreender a vida da alma mesma, de modo que o poeta pode falar da própria experiência como "lugar verdadeiro", como luz e local iluminado, reconhecendo ainda que aquela imagem não chega a contemplar adequadamente a experiência. Mais que local banhando de luz: "*luz de um homem que ressuscita – sustenta-me / Como jejum alimentando Nínive*" (FARIA, 2016b, p. 86). A vida da alma não somente é responsável pelo funcionamento de processos – como quer a mentalidade funcionalista e naturalista –, mas o núcleo da pessoa leva a viver a unidade profunda do acontecimento que a vida pessoal é, é responsável pelo surgir mesmo da pessoa a partir de sua fonte insondável.

No dizer do poeta (FARIA, 2016b, p. 86), vida da alma acontecendo pode ser comparada à palavra viva enraizada no núcleo pessoal de quem a pronuncia: não apenas expressa a pessoa mas também torna-se lugar de vida, novidade, acontecimento de existência pessoal no mundo:

> Uma palavra pregada ao silêncio de dizer-se como nunca fora ouvida
> E nela dizer-se posso existir.
> Só posso viver cabendo nela
> Habito-a
> Como Jonas o grande peixe.

O núcleo da pessoa, como dinâmica viva mesma da alma, é o que permite fazer a grande passagem ("viagem") do nada ao silêncio, permite palavra ou ação carregadas de silêncio – daquele "silêncio de dizer-se" –, permite que uma palavra fecundada por esse silêncio seja pronunciada de um modo novo, colocando novidade no mundo (como bem documenta o poeta). A vida da alma tem força de palavra fecunda: Não somente a expressamos, mas habitamos nela: nela podemos existir; na aparente vacuidade – como o jejum – é acontecimento de vida humana, e assim, podemos existir no mundo por habitar efetivamente em nossa própria pessoa e história. Desta forma, mais que um corpo que contém uma alma, a alma é acontecimento da vida pessoal. E cada "eu" pode consentir que assim se dê, como ato de liberdade, amor, reconhecimento de verdade, de beleza e bem, como vida do espírito plenamente pessoal.[6] É a experiência do *fiat*.[7]

---

[6] "A minha alma tem extensão e profundidade, pode ser preenchida por algo, algo pode penetrar nela. Nela eu estou em casa, de um modo totalmente diferente de como estou no meu corpo vivente. No eu não posso estar em casa. Mas também o eu mesmo, entendido como eu puro, não pode estar em casa. Só um *eu psíquico* (*ein seelisches Ich*) pode estar em casa e, a partir disso, pode-se dizer, então, que está em casa em si mesmo. Então a alma e eu estão estreitamente ligados. *Não pode haver alma humana sem eu*; a ela pertence a estrutura pessoal. Mas *um eu* humano deve ser também eu psíquico, *não pode ser sem alma;* seus próprios atos se caracterizam como "superficiais" ou "profundos", têm raiz em uma maior ou menor profundidade da alma. (...) Há, porém, um ponto, no espaço da alma, em que o eu encontra seu lugar *próprio*, o lugar de sua paz, que deve buscar até que o encontre (...); esse é o ponto mais profundo da alma. Só dali a alma pode "recolher-se", e de nenhum outro ponto pode abraçar totalmente a si mesma. Somente dali pode tomar decisões verdadeiramente sérias, dali pode empenhar-se por algo (...). Todos esses são atos da pessoa. (...) Esse é o eu pessoal, que ao mesmo tempo é um eu psíquico, que pertence a *esta* alma específica e nela tem sua morada." (STEIN, 2013, p. 119-120).

[7] "Os atos livres pressupõem um motivo. Mas, além dele, é preciso de um impulso (que não seja motivado). (...) *Fiat* com que a ação se coloca em marcha,

Em tal unidade profunda, a pessoa pode ser vista como cruz: "*rosa / dos ventos sem direcção que não seja o centro. Coluna / Sustentada pelos braços como um amigo que chega.*" (FARIA, 2016b, p. 90). Toda direção tomada em sentido realmente pessoal se refere ao centro pessoal; o núcleo sustenta a pessoa em seu acontecer, e ela pode estar em casa consigo mesma.

Nesse núcleo, pode-se reconhecer pessoalmente a beleza e a verdade, e – ainda mais importante – pode-se viver delas.[8]

No centro pessoal, ancorados no alto

Para ser si mesmo, é preciso ir além das reações, além da vida anímica inconstante movida pelos toques recebidos desde fora e pelos impulsos da vida anímica natural-espontânea:[9] É preciso estar *ancorado* em si mesmo:

> (...): não há vestígio de um propósito nem de preparação interior que resida naquele 'agora!', mas vê-se um impulso com que a ação começa. (...) Os atos livres, e somente eles, podem proceder de um propósito e precisam ser introduzidos por um *fiat!*". (STEIN, 2006, p. 268, 270 e 271).
> Paradoxalmente, um ato livre e cheio de vontade pode ser também "um abandono de nossa própria vontade" que, como resultado, "emerge a possibilidade de viver atingindo o centro da alma, dando consistência a si mesmos e à própria vida" (STEIN, 2004 p. 106).

[8] "Partindo da experiência interior, apreendemos o que seja a alma, como interioridade num sentido mais próprio, como o que se enche de dor e de alegria, o que fica indignado por uma injustiça e se entusiasma por uma ação nobre; que se abre com amor e confiança a outra alma ou lhe nega acesso; não só compreende e estima intelectualmente a beleza e o bem [...] – tudo o que chamamos de "valor" – mas os acolhe em si e vive deles". (STEIN, 2013, p. 144)

[9] "A vida anímica natural-ingênua (ou natural-espontânea) é uma constante mudança de impressões e reações. A alma recebe impressões desde fora, do mundo em que o sujeito dessa vida está e o toma como objeto com o espírito; essas impressões colocam a alma em movimento e em virtude delas

"Devo ser o chão que me recebe / E a árvore que me planta" (FARIA, 2016a, p. 16).

É o próprio desejo de vida pessoal que nos adverte à necessidade de uma ancoragem que vá além de se submeter ao peso natural do mundo e da natureza sobre nós: *"Tenho medo do peso morto / Porque é um ninho desfeito"* (FARIA, 2016a, p. 17). *"Fico à sombra da vide e do esteio no Outono"* (FARIA, 2016a, p. 21). Não se trata de reação mas decisão de colocar-se junto da vida mesma acontecendo e de aceitar a sustentação que vem dali.

Mas como é possível aceitar sustentação sem que resulte em alienação?

Trata-se de um movimento da liberdade e simplicidade: deixar-se acolher pela vida na interioridade: *"Um coração de criança ao colo/ Interior"* (FARIA, 2016a, p. 64). Na vida natural anímica, vivemos "ao peso da terra". Ao ancorarmo-nos no nosso próprio núcleo, dá-se um outro tipo de equilíbrio de forças, como o equilíbrio da folha em seu caule, que pode ter estabilidade, crescer e voltar-se para o alto a partir dele:

> A semente rebenta ao peso da terra
> A voz da cigarra ao peso do calor
> Uma pedra pesa sobre a pedra
> As mãos unidas não têm força assim
> No caule a folha não tem esse equilíbrio. (FARIA, 2016a, p. 28)

---

se desencadeiam nela tomadas de posição no mundo: horror ou surpresa, admiração ou desprezo, amor ou ódio, temor ou esperança, alegria ou tristeza etc. Também querer atuar. Reunimos tudo isso sob o título de reações, e nos últimos exemplos – querer e atuar – costuma-se falar especificamente de atividade. Com certo direito, pois em todas as tomadas de posição, a alma está em movimento, em ação, e no querer e atuar o movimento não fica enclausurada em si mesma mas devolve o golpe para fora, intervém no mundo exterior configurando-o." (STEIN, 2007b, p. 68).

Na ancoragem na própria interioridade pode dar-se o movimento de um sujeito livre. Na profundidade da própria pessoa encontra força pessoal para um caminho efetivamente próprio: *"Caminho como um remo que se afunda"* (FARIA, 2016a, p. 62). Enxertado no próprio centro, encontro luz e *"Enxerto a luz / Em tudo o que nomeio"* (FARIA, 2016a, p. 21)

Tal ancoragem no núcleo pessoal está bem longe de ser a frequente autoafirmação a que estamos tão habituados na sociedade contemporânea. Trata-se de ancoragem numa alteridade reconhecida em si mesmo que permite a vida autêntica do eu. Muito significativa a imagem de ancoragem no centro pessoal que Edith Stein nos apresenta: trata-se de se ancorar no centro e, ao mesmo tempo, no alto, para ser livre: não se pode centrar-se efetivamente em si mesmo sem estar ancorado no alto:

> À vida anímica natural-ingênua [ou natural-espontânea] contrapomos outra de estrutura essencialmente distinta, que vamos denominar (...) *liberta*. A vida da alma que não é movida desde fora, mas *guiada desde cima*. Esse *desde cima* é, ao mesmo tempo, um *desde dentro*, pois ser elevada ao reino do alto significa, para alma, ser implantada totalmente nela mesma. E vice-versa: ela não pode assentar-se firmemente nela mesma sem ser elevada acima de si mesma – precisamente ao reino do alto. Ao ser conduzida a si mesma e, por isso, ser ancorada no alto, ao mesmo tempo fica *cercada*, subtraída das impressões do mundo e do abandono sem defesa. Precisamente, é o que designamos como *liberta*. Como o natural-espontâneo, o sujeito liberado apreende o mundo com o espírito. Também ele recebe em sua alma as impressões do mundo, mas essas impressões não a movem imediatamente. A alma as aceita precisamente desde aquele centro

com o qual está ancorada no alto; suas tomadas de posição partem desse centro e são prescritas desde cima. (...) O mecanismo da vida anímica natural não atinge o centro, que é o lugar da liberdade e o ponto de origem da atividade. Com esse centro, a alma guiada está voltada precisamente para o alto, nele ela recebe as indicações do alto e deseja mover-se por essas desde o centro. (STEIN, 2007b, p. 69-70)

E na imagem do poeta (FARIA, 2016a, p. 81), as crianças – imagem do ser humano espontâneo e simples – podem se banhar nos rios lentos e largos por se enxugarem ao sol: no solo podem correr e se elevar:

> Os rios amo, lídia, lentos
> E largos sobre o solo.
> Que em um dia as crianças se banhando neles
> Se enxugam ao sol e correm.
> E pela velocidade podem
> Aos astros comparar-se.

No núcleo pessoal, morada em si mesmo: leveza, quietude, liberdade

Muitas são as expressões próprias do sujeito liberto. Elas se referem a alguém que se percebe em casa consigo mesmo, que pode viver silêncio e quietude, liberdade da vida espiritual, fecundidade de sua ação no mundo etc.

O poeta apresenta a expressão do sujeito liberto como alguém que já não precisa se defender exaustivamente, não precisa cavar solidão para ter repouso – silencia; nem precisa abrigar-se em si mesmo numa espécie de casa que não consegue acolher-se, mas vive a liberdade no desejo de eternidade. Justamente em não mais precisar daquelas autodefesas, vem a se encontrar consigo mesmo.

> Não fui a solidão inteira nem reclusa
> Para o único repouso entre o silêncio
> Nem fui a flor exausta defendendo-se
> De toda a mão que a quis despetalar
>
> Não fui a casa que a si mesma se abrigou
> Nem a morada que nunca se acolheu
> Mas o tempo a pedir que me deixasse
>
> Naquilo que não fui vim encontrar-me. (FARIA, 2016a, p. 37)

Na experiência do sujeito liberto, ancorado no alto pelo centro pessoal, ele lida com a própria materialidade a partir de sua dinâmica espiritual, e em tudo pode encontrar alimento e sustento: vida do espírito e materialidade passam a ser inseparáveis, ainda que divididas e diversas, como o silêncio e a escrita:

> Estou ligeiramente acima do que morre
> Nessa encosta onde a palavra é como pão
> Um pouco na palma da mão que divide
> E não separo como o silêncio em meio do que escrevo. (FARIA, 2016a, p. 17)

Na experiência do sujeito liberto, justamente pela intimidade entre matéria e espírito, pode haver *leveza* na experiência concreta pessoal, como a leveza sustentando o ramo do poeta. Ou como o canto não ferido pelo bico do pássaro: aquele que é duro e fere, pode sim cantar com liberdade. Na ancoragem no alto, por meio de abandono de si mesmo ao que emerge na experiência centrada (em vez de trabalho de forja de si artificial), o menos se revela mais, o vazio pode ser sustento, a leveza é grata surpresa:

> Largo é o aberto abandonado
> E o vazio é pata que sustenta

> De leveza o ramo. O pássaro amanhece
> E o seu bico não fere o seu canto. (FARIA, 2016a, p. 11)

No sujeito liberto, na interioridade pessoal há experiência de *dramática síntese*: a pessoa está, a um só tempo, triunfante e vencida, no escuro e na luz, no silêncio e na palavra ardente, chamando e sendo chamado, na passividade e na busca, na afirmação da própria identidade e no esquecimento de si...

> Alguma coisa trazia a candeia para dentro – havia uma noite dentro da casa –
> Para dentro do peito – havia uma força cega no sangue – (...)
>
> Alguma coisa trazia a noite para dentro, para dentro do poema
> Enquanto eu escrevia como se fosse uma palavra de manhã
> Uma mãe a chamar o filho
>
> Eu trazia uma candeia na garganta onde o silêncio aceso me queimava
> Era a mim que a mulher chamava pela noite dentro
> O meu nome era a chama no silêncio
>
> Eu vim para dentro e sentei-me como se fosse uma palavra
> Cansada. Alguma coisa trazida na palavra para dentro
> Do poema – e havia uma força cega
> No poema:
> Era um verbo de sangue para o silêncio arder (FARIA, 2016b, p. 71)

Na interioridade da pessoa ancorada no alto, *silêncio* ardente é, a um só tempo, a própria identidade e presença amorosa de Outro; ali há silêncio como grito de chamamento; há escuridão como espaço de acolhida da luz; há ação como passividade que consente e ação de Outro que vem.

Na experiência do sujeito liberto, o desejo novo, ancorado no alto, marca o modo de lidar com o *cotidiano*; o próprio desejo de que o dia seja transformado à medida do desejo é sinal de novidade, na medida em que, com o desejo, o sujeito tende a ancorar tudo no alto, em atitude de mendicante:

> Este é o dia novo. Sei-o pelo desejo
> De o transformar. Este é o dia transformado
> Pelo modo como apoio este dia no chão.
> Coloco-o na posição humilde dos meus joelhos na terra
> Abro-o com olhos que retiro de todas as coisas quando os fixo
> Na atenção. (FARIA, 2016b, p. 87)

Na experiência do sujeito liberto, há *silêncio* cheio de *presença*: a presença amiga une, sendo olhar que responde. A presença é silêncio que é diálogo:

> Maior dos meus amigos, maior
> Dor que me reparte
> Ausência que me une, maior
> Olhar que me comove
> Silêncio
> Quando o silêncio me responde. (FARIA, 2016a, p. 92)

Nesse silêncio, "*há uma palavra pessoa / (...) Ela pronuncia-me / (...) E posso amá-la até me transformar*" (FARIA, 2016b, p. 86)

Na experiência do sujeito liberto, há um convite para dentro, para a interioridade ancorada no alto: dali, proximidades e distâncias novas em relação a outras pessoas e, sobretudo, proximidade com uma presença mais próxima que qualquer pessoa; ali, as provisões necessárias:

> Caminha para dentro dos cercos
> No interior não te faltarão provisões.
> Novos vizinhos te darão acolhimento
> Mais fiéis do que os amigos (...)

> Caminha para dentro
> Onde gira a nora e o burro é cego
> E os círculos perfeitos
> Não te há-de faltar
> A distância (FARIA, 2016a, p. 61)

Na interioridade ancorada no alto, há sintonia com movimentos mais perfeitos que os que poderíamos forjar, há consentimento livre e disponibilidade antes impensável, há continuidade da existência que escapa às nossas possibilidades.

No entanto, a presença é claramente de uma alteridade: não há como controlar ou garantir sua presença na interioridade. Mesmo assim, uma vez vislumbrada com clareza sua presença com todas essas experiências pessoais, com tanta evidência, mesmo na sua ausência, a relação com a presença se afirma pelo pedido e pelo desejo:

> Desde que nos deixaste o tempo nunca mais se transformou
> Não rodou mais para a festa não irrompeu
> Em labareda ou nuvem no coração de ninguém.
> A mudança fez-se vazio repetido
> E o a vir a mesma afirmação da falta.
> Depois o tempo nunca mais se abeirou da promessa
> Nem se cumpriu
> E a espera é não acontecer – fosse abertura – E a saudade é tudo ser igual. (FARIA, 2016a, p. 88)

Vivida a presença na interioridade pessoal ancorada no alto, sua ausência resulta em tempo parado por falta de acontecimento, festa que não irrompe, mudanças vazias, afirmações repetidas sem potência, tempo sem promessa, a espera é encarada como não acontecer em vez de abertura à antecipação da promessa advertida, saudade se fixa na face do passado imóvel.

No entanto, uma vez advertida – como experiência – a presença no centro de minha própria pessoa ancorada no alto, nada pode me impedir de *"amá-la até me transformar"* (FARIA, 2016b, p. 86). Nesse amor, a percepção de ausência também sinaliza a presença, remete-me poderosamente a ela. Nesse amor, é possível recomeçar, sempre: *"E sempre que te vi recomecei"* (FARIA, 2016a, p. 37).

De fato, uma experiência muito significativa da experiência do sujeito libertado é a *espera* que é relação com a presença: *"Esperar é um modo de chegares / Um modo de te amar dentro do tempo"* (FARIA, 2016a, p. 63). A espera vivida, ela mesma é vivida como presente da grande presença.

Nessa experiência de espera amorosa, também o olhar para si mesmo se refere àquela grande relação com a presença, dentro do desejo de se transformar para vivê-la ainda mais:

> Quando crescerei como nuvem
> Mão leve sobre a fronte
> Da doença?

> Quando repousarei
> Ausente de sofrer
> Qualquer ausência? (FARIA, 2016a, p. 89)

Assim, o futuro também é vislumbrado como completude do aprendido na experiência, e a espera é abertura, espera é esperança, espera é experiência do *fiat*.

Nessa *espera* ancorada no alto, no centro pessoal, *"sempre que te vi recomecei"* se torna *"um modo de amar dentro do tempo"* que não tem fim.

Referências

ALES BELLO, A. *L'universo nella coscienza: introduzione alla fenomenologia di Edmund Husserl, Edith Stein, Hedwig Conrad-Martius.* Pisa: ETS, 2003.

FARIA, D. *Explicação das árvores e de outros animais.* Belo Horizonte: Chão de Feira, 2016a.

FARIA, D. *Homens que são como lugares mal situados.* Belo Horizonte: Chão de Feira, 2016b.

HEIDEGGER, M. *Carta sobre o humanismo.* 5a ed. Tradução de Pinharanda Gomes. Prefácio de Antônio José Brandão. Lisboa: Guimarães, 1998.

MAHFOUD, M. Coração como núcleo pessoal: contribuições de Luigi Giussani. In: HOFFMANN, A.; OLIVEIRA, L. M. & MASSIMI, M. (Org.s) *Polifonias do coração.* Ribeirão Preto: Fumpec, 2014. p. 117-138.

SAVIAN FILHO, J. O conceito de coração e a experiência religiosa como estilo. In: PAIVA, R.; ISKANDAR, J. (Org.s). *Filosofemas.* Vol. II. São Paulo: Unifesp, 2016. p. 599-638.

STEIN, E. El castillo interior. In: STEIN, E. *Obras completas: vol. V: Escritos espirituales.* Madrid: Editorial de Espiritualidad, 2004. p. 79-106.

STEIN, E. Contribuciones a la fundamentación filosófica de la psicología y de las ciencias del espíritu. In: STEIN, E. *Obras completas. v. II: Escritos filosóficos: Etapa fenomenológica.* Tradução de F. J. Sancho e col. Burgos: Monte Carmelo, 2006. p. 207-520.

STEIN, E. Acto y potencia: estudios sobre una filosofía del ser. In: STEIN, E. *Obras completas: Vol. III: Escritos filosóficos: Etapa de pensamiento cristiano 1921 – 1936.* Burgos: Monte Carmelo, 2007a. p. 223-536.

STEIN, E. Naturaleza, libertad y gracia. In: STEIN, E. *Obras completas: Vol. III: Escritos filosóficos: Etapa de pensamiento cristiano 1921 – 1936.* Burgos: Monte Carmelo, 2007b. p. 55-128.

STEIN, E. *La struttura della persona umana: corso di antropologia filosofica.* Tradução de M. D'Ambra com revisão de A. M. Pezzella e M. Paolinelli. Roma: Città Nuova, 2013.

Os autores

Miguel Mahfoud (Organizador)

Doutor em Psicologia Social pelo Instituto de Psicologia da Universidade de São Paulo, com Pós-Doutorado na Pontifícia Universidade Lateranense em Roma. Professor Associado do Departamento de Psicologia da Faculdade de Filosofia e Ciências Humanas da Universidade Federal de Minas Gerais (1996-2016). É membro do LAPS UFMG - Laboratório de Análise de Processos em Subjetividade. É membro do Comitê Editorial da Coleção Obras de Edith Stein da editora Paulus.

Giovana Fagundes Luczinski

Psicóloga, Doutora em Psicologia Social pela UERJ e Mestre em Psicologia Clínica pela PUC-SP. Atualmente é Professora Adjunta da Universidade Federal de Pelotas – UFPel. Tem experiência como psicoterapeuta, orientadora profissional e coordenadora de grupos terapêuticos. Trabalha a perspectiva Fenomenológica em interface com os campos de Saúde, Clínica Ampliada, Plantão Psicológico e Comunidades.

Juvenal Savian Filho

Doutor em Filosofia pela Universidade de São Paulo (2005). Atua como professor do Departamento de Filosofia da Universidade Federal de São Paulo (desde 2006). Coordena o GT Edith Stein e o Círculo de Gotinga (ANPOF). É membro da *Société Internationale pour l'Étude de la Philosophie Médiévale* e da Sociedade Brasileira para o Estudo da Filosofia Medieval. Tem suas pesquisas concentradas na Filosofia Medieval e em formas do pensamento contemporâneo que com ela dialogam, principalmente a Fenomenologia.

Maria Inês Castanha de Queiroz

Doutoranda em Filosofia pela Universidade Federal do Ceará com a pesquisa "O conceito de força vital em Edith Stein", com Mestrado em Psicologia pela Universidade Federal de Minas Gerais. Psicoterapeuta e coordenadora em Desenvolvimento Humano e Apoio ao Luto. Membro dos grupos de estudo e pesquisa intitulados: Grupo de Estudos em Filosofia Fenomenológica de Edith Stein (GEFFES – UFC), O Pensamento de Edith Stein (UNIFESP), GT Edith Stein e o Círculo de Gotinga (ANPOF).

Suzana Filizola Brasiliense Carneiro

Doutora em Psicologia Clínica pela Universidade de São Paulo (2016), com Mestrado em Psicologia da Educação pela Pontifícia Universidade Católica de São Paulo (2011). Graduada em Psicologia pela Pontifícia Universidade Católica de São Paulo (1997) e Especialista em Teologia da Evangelização pela Pontifícia Universidade Lateranense de Roma (2005). Atua como professora da Universidade Paulista (UNIP).

Ursula Anne Matthias

Doutora e Mestre em Filosofia e Bacharel em Filosofia e Teologia. Professora da Graduação e Pós-Graduação em Filosofia da Universidade Federal do Ceará (UFC). Membro do Grupo de Trabalho Edith Stein e do Círculo de Gotinga da ANPOF. Coordenadora do Grupo de Estudos em Filosofia Fenomenológica de Edith Stein da UFC. Tradutora de obras originais de Edith Stein para o português.

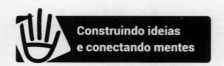

Este livro foi composto com tipografia Bembo
e impresso em papel Pólen Soft 80g.

Impressão e Acabamento | Gráfica Viena
Todo papel desta obra possui certificação FSC® do fabricante.
Produzido conforme melhores práticas de gestão ambiental (ISO 14001)
www.graficaviena.com.br